T0290175

KOKO

GRANTRAVESÍA

Ana Belén Ramos

KOKO

Una fantasía ecológica

Ilustraciones de
María González

GRANTRAVESÍA

Koko. Una fantasía ecológica

© 2016, Ana Belén Ramos

Ilustraciones de portada e interiores: © María González (Estudio Caravan)

D. R. © 2016, Editorial Océano, S. L.
Milanesat 21-23, Edificio Océano, 08017 Barcelona, España
www.oceano.com

D. R. © 2016, Editorial Océano de México, S. A. de C. V.
Eugenio Sue 55, Col. Polanco Chapultepec
Del. Miguel Hidalgo, C.P. 11560, México, D.F.
Tel. (55) 9178 5100 • info@oceano.com.mx
www.oceano.mx • www.grantravesia.com

Primera edición: 2016

ISBN: 978-607-735-623-3

Depósito legal: B-2609-2016

IMPRESO EN ESPAÑA / PRINTED IN SPAIN

9004144010416

Para los antiguos y futuros habitantes de los prados...
Y muy especialmente para Javier.

∼ Prólogo ∼

En los tiempos después de la Gran-Gran Crisis, la Naturaleza se había extinguido casi por completo y los hombres habían perdido la capacidad de soñar. Vivían encerrados en las ciudades, rodeados de un inmenso y desolado yermo, que estaba permanentemente cubierto por una nube de contaminación. Sólo en unos pocos lugares recónditos la Naturaleza resistía fundida con los sueños, y juntos habían dado a luz a algunas criaturas extrañas. Cada una de ellas posee su propia historia, historias que viajan con el viento, como la de la extraña niña con cola llamada Koko, que vivía sola y alegre en la montaña, ajena a los problemas del mundo. Ésta es su historia.

∼ Capítulo 1 ∼
Koko pierde algo muy importante

Koko era una niña con cola, pero no la cola de un perro ni la de un león, ni tampoco la colita de un niño. No era el rabo de una boina, ni un rabo de nube, ni el rabito desnudo de la ratita presumida (con quien, por cierto, no guardaba Koko parentesco alguno). No, la suya era, sencillamente, la cola de Koko.

Koko tenía los ojos pequeñitos, el pelo negro y revuelto y vestía una enorme camiseta amarilla y botas con cordones rojos. Vivía en el pico de una alta montaña que sobresalía sobre la gran nube de contaminación y hacía siempre lo que le daba la gana. Nada le gustaba más que jugar con su rabo desde que salía el sol hasta que salía la luna.

Koko era muy feliz, pero también bastante ignorante porque no había viajado nunca y sólo había leído un libro, y una de las cosas que ignoraba era que vivía en un auténtico paraíso aislado del mundo en ruinas. Su hogar era una cabaña de madera construida en un saliente alfombrado de verde a pocos metros del pico más alto de la montaña. Junto a la casa crecía un puñado de arbolitos que, aunque daban pocos frutos, bastaban para alimentar a una niña tan pequeña. Había entre ellos manzanos, pinos y un peral, y también una palmera que llevaba seca muchos años y con cuyas hojas Koko se había fabricado varias cestas y una hamaca. De la cumbre bajaba una cascada que formaba un laguito en el saliente, habitado por algunas truchas, y el agua se escapaba entre las piedras, regando un pequeño huerto antes de seguir camino por la ladera, convertido en un riachuelo.

Koko pasaba los días soleados en los árboles, colgada de su cola, y los días de lluvia arrastrando la colita por los charcos que se formaban en los huecos de las peñas. Cada mañana, la niña trepaba por las ramas y se encaramaba a lo más alto de su pino favorito, como si fuese un mono. Al oírla llegar, dos pajarillos que tenían allí su nido piaban con fuerza: "¡Ya viene Koko Rabo!", y al instante se desataba una alegre competición entre ellos y la niña para ver quién se quedaba primero con los piñones más deliciosos. ¡Menudo alboroto se montaba! Casi siempre ganaba Koko, que era muy pequeña desde el punto de vista de una persona, pero muy grande desde el punto de vista de un pájaro.

Le encantaba quedarse boca abajo, sujeta de las ramas con su rabo, y sentir el viento de la montaña en la cara, y le gustaba mucho usar la cola para pescar: lanzaba su colita al río y movía la punta dentro del agua como si fuese un gusano. ¡Y vaya que picaban las truchas! En cuanto le mordían, Koko tiraba del rabo y agarraba su pesca con las manos. Este método siempre le hacía un poco de daño, pero así la niña sentía menos remordimientos cuando se comía los peces.

La verdad es que Koko usaba su cola para todas las cosas importantes. No podía dormir si no se acurrucaba de noche en su rabito, y al despertar salía de la cama de un salto, usándolo como si fuese una pértiga. Con él pelaba las piñas, clavaba las tablas

que se soltaban en las paredes de su casa, se cepillaba los dientes y hasta se quitaba las lagañas. El problema es que Koko era muy desordenada, desmemoriada y bastante despistada, de modo que, al final del día, la taza del desayuno bien podía acabar dentro del río; las sábanas, entre los árboles, y el cepillo de dientes, en la lata de los clavos. Y la culpa de eso no la tenía el rabo, no señor, hay muchas niñas que no tienen cola y también son desordenadas, desmemoriadas y despistadas.

Todos los días, Koko se despertaba rebosante de alegría, justo antes de que el sol diera su segundo bostezo, y la mañana de invierno en que da comienzo esta historia no fue una excepción. Se puso en pie de un salto y se desperezó, sacudiendo los brazos y las piernas. Sí, rebosaba de alegría, pero le embargaba además otra sensación. ¡Y no eran las ganas de hacer pipí! Se trataba de un sentimiento inédito, una especie de nerviosismo, aunque... ¿por qué habría Koko de estar nerviosa?

La niña miró por la ventana, se bebió un vaso de agua fresca de un tirón y reflexionó por un momento. "Tengo la sensación de que se me olvida algo", se dijo. La fecha no la había olvidado, sabía que era viernes y sabía que era 11 de febrero. Repasó el nombre de todos los meses del año y no le faltó ninguno. Luego recitó sin equivocarse, del derecho y del revés, la letra de su canción preferida y dijo de memoria los nombres de los árboles de su jardín. "Pues no me he olvidado de nada importante", concluyó. Con todo, algo no le cuadraba.

"No sé qué será, hay algo que he olvidado, y estoy tan segura de haberlo olvidado como de que me llamo Koko Rabo." ¡Ay, al decir su nombre completo, un estremecimiento le recorrió todo el cuerpo y la niña se quedó petrificada! Parecía una fotografía de Koko Rabo. Bajó despacito la mano por la espalda hasta la rabadilla, al lugar donde tenía la cola, y sufrió el disgusto más grande de su corta vida: su colita no estaba, había desaparecido. Koko se miró, se miró y se remiró. ¡No había rabo alguno, lo había perdido! ¿Y ahora qué? ¿Cómo recogería las frutas de los árboles, cómo pescaría, cómo repondría las tablas rotas, cómo apilaría la leña? ¡No era lo primero ni lo segundo que perdía, pero nunca, nunca había perdido nada tan importante!

Como loca, se puso a registrar toda su casa. Miró entre las sábanas por si se le había caído mientras dormía, miró entre los árboles por si se le había quedado enganchada en una rama, miró dentro del cajón de abono (que olía a rayos), e incluso vació la lata de los clavos por si estaba allí escondida. No dejó rincón sin rebuscar, pero nada, la niña no encontró su colita.

Cabizbaja y derrotada, roja del sofoco, se dirigió hacia el lago y se echó agua en la cara, y en cuanto vio el riachuelo dio un grito: "¡Oh, no! ¡Seguramente se me cayó ayer mientras me duchaba en la cascada y se la habrá llevado la corriente! ¡A estas horas mi colita ya estará en el mar!". Y aunque Koko era una niña desordenada, desmemoriada y despistada, también era valiente, optimista y resuelta, así que, ni corta ni perezosa, en ese mismo momento, decidió que emprendería su primer viaje. ¡Si su rabo estaba en el mar, allá iría por él!

Y aquí comienza en realidad la historia de la niña con cola que se quedó sin cola y salió a buscarla. Ella que todo lo ignoraba, que nunca había escuchado hablar de la Gran-Gran Crisis, ni de crisis alguna, dejó su casa, bajó de la montaña y se marchó en busca del mar, atravesando el mundo peligroso y derruido también llamado planeta Tierra. Planeta situado, por si hay algún lector despistado o de otro mundo leyendo este libro, en las afueras de la Vía Láctea, vecina de la más extensa y luminosa galaxia de Andrómeda.

∿ Capítulo 2 ∿
Ulises y la tarta de chocolate

A menos que uno sea un pajarillo, hacer el equipaje es una tarea muy difícil. A los pajarillos les basta con agitar las alas y salir volando y como mucho llevan una ramita en el pico, pero Koko no era un pájaro, sino una niña, y no sabía que lo mejor es viajar ligero de equipaje. Metió en la mochila lo que pensó que le podría hacer falta: una manta, una taza, un libro, todos los piñones y manzanas que tenía y las zanahorias que había recogido esa misma mañana en su huerto. Y otras cosas menos prácticas como un caleidoscopio, una máquina de coser portátil, un joyero con dos anillos... El caso es que llenó la mochila hasta arriba, menos mal que la niña estaba muy fuerte y pudo cargar con ella. Acto seguido, Koko se puso su sombrero de paja, salió de la casa, cerró la puerta y gritó mientras corría con la mochila al hombro:

—¡Adiós pajarillos, adiós árboles, vuelvo enseguida!

Y se fue sin mirar atrás. Su plan no era otro que seguir el río hasta el mar, así que descendió por la ladera junto a la orilla. Un rato más tarde, se adentró en la bruma que cubría la falda de la montaña y sintió escalofríos, pues no se veía nada ahí abajo.

–Todo irá bien, todo irá bien –musitó la niña, y animada por este pensamiento siguió adelante.

Se internó en la nube densa y anaranjada, que sólo le dejaba vislumbrar el suelo de rocas y el riachuelo que discurría entre ellas. En aquella sucia espesura el sol era apenas un cerco luminoso en el cielo, y el humo, acre y amargo, hizo que tosiera un par de veces. Pasó mucho rato bajando y bajando, con cuidado de no tropezar. Al cabo de unas horas, cuando la niebla se volvió menos tupida, vio una enorme piedra redonda junto al arroyo y aprovechó para reponer fuerzas. Mientras se comía una manzana, sacó el libro de la mochila. Se titulaba *Homero resumido para niños que prefieren ir al grano* y le encantaba releerlo. Contenía historias de la *Ilíada* y la *Odisea,* pero sólo el meollo del asunto, las luchas y aventuras; las largas descripciones y los pasajes aburridos se los ahorraba.

Koko abrió el libro por donde lo había dejado la última vez y leyó:

Ulises y los suyos quedaron atrapados en la cueva del cíclope Polifemo, un gigante de un solo ojo. El monstruo comenzó a comerse a los soldados y Ulises se dijo: "¡Como no haga algo, estamos perdidos!", y tuvo una idea excelente, se dirigió a Polifemo y le ofreció el odre de vino que llevaba con él. "¡Qué rico está!", dijo el monstruo después de bebérselo de un trago y poco después se quedó dormido, pues el vino da mucho sueño. Ulises aprovechó ese momento para clavarle al malvado una estaca en su único ojo y dejarlo ciego, y eso les sirvió para escapar.

—¡Cómo me gusta Ulises! —exclamó Koko—. ¡Creo que es mi personaje favorito! —la niña se puso en pie de un salto y reemprendió el viaje.

Le llevó el resto del día bajar la montaña y alcanzar el valle. La bruma había quedado atrás y ahora flotaba sobre su cabeza formando el oscuro cielo encapotado que cubría perpetuamente la llanura. Allí abajo, el riachuelo había adelgazado mucho, era un chorrito que corría con dificultad por aquel territorio gris. Siguió y siguió el curso del menguante río y, a la caída del sol, el hilo de agua se extinguió delante de sus botas.

—Pero ¿dónde se metió el río? —se preguntó—. Y ¿qué es todo esto?

El paisaje estaba lleno de basura. A su alrededor, había pilas y pilas de cacharros inservibles, lavado-

ras a las que les faltaba el motor, persianas rotas, latas vacías, montones de cartón mojado, etcétera, etcétera. En el horizonte, se distinguían las chimeneas de una aglomeración de fábricas que vertían al cielo más humo espeso y anaranjado. Koko suspiró pensando en su hogar, pero no era de las que se rinden a las primeras, así que exclamó:

—¡Voy a acampar, mañana será otro día!

Rodeada ya por la oscuridad de la noche, la niña miró al cielo. En la montaña, Koko pasaba las noches contando estrellas, pero aquí no halló ni una sola. ¡Qué raro era no verlas en el firmamento! Sólo la luna tenía suficiente intensidad para asomarse entre la bruma de contaminación, si bien su rostro lucía difuso. De repente, en la negrura del valle, se encendieron unos letreros luminosos. El más grande rezaba: "Restaurante de Grandia", y los otros: "Comidas caseras", "Pruebe nuestra deliciosa tarta de chocolate".

—¿Tarta de chocolate?

A Koko se le hizo agua la boca, pero sintió también un escalofrío. Recordó entonces que Ulises no había demostrado miedo alguno dentro de la cueva, y repitió de nuevo: "¡Tarta de chocolate!".

Caminó hacia la luz hasta llegar a una pequeña casa. Los letreros que había visto desde lejos se elevaban sobre su techo de concreto, y a esta distancia descubrió que la fachada estaba formada por numerosos neones parpadeantes: "Se aceptan tarjetas", "Menú del día", "Saboree nuestras especialidades", "Abierto 24 horas al día, 365 días al año". La niña se dirigió a la puerta, que estaba entreabierta. Al otro lado, había tres mesas cubiertas con gastados tapetes de hule, rodeadas de sillas de piel sintética roja. En la mesa central de aquel solitario salón se distinguía la inconfundible forma de una gigantesca, apetitosa, chorreante tarta de chocolate.

Koko sintió cosquillas en la barriga por el hambre y por la incertidumbre. "¿Qué habría hecho Ulises?", se preguntó Koko. "¡Ulises habría entrado!", se respondió inmediatamente. Así que abrió la puerta, puso un pie en el salón, luego otro y..., ¡zas!, unas manos grandotas cayeron sobre la niña. La puerta se cerró de golpe, sonó el chirrido metálico de tres cerrojos y el estruendo de una poderosa carcajada:

−¡Te atrapé!

∼ Capítulo 3 ∼
Grandia, la terrible mujer
de un solo ojo

—¡Una niña! ¡Cacé una niña! —la que hablaba era una señora grande y rubia de nariz aguileña que llevaba un cuchillo muy afilado y sujetaba a Koko de la camiseta. Bailaba y brincaba y sacudía la cabeza de entusiasmo, tanto que, del ajetreo, se le cayó al suelo uno de sus ojos, que era de cristal. La mujer soltó a la niña y se agachó para recoger el ojo postizo. Mientras lo reacomodaba en la cuenca vacía, Koko se parapetó detrás de una mesa; desde allí pudo observar con más detenimiento a su captora. Alta y gordinflona, tenía una pequeña joroba que la obligaba a caminar encorvada. Vestía con jeans y camiseta de licra roja, y llevaba la ropa tan ajustada que, a veces, se le levantaba la camiseta y se le veía el ombligo.

—Bienvenida a mi restaurante, niña, me llamo Grandia y hoy tú serás la cena —y le mostró una llave oxidada. Luego la escondió en el bolsillo trasero de su pantalón y añadió—: No pienses que podrás escapar, eché los cerrojos.

El restaurante de la tal Grandia se componía de

un salón y una cocina, separados sólo por un mostrador. El espacio tenía dos ventanas con barrotes, la pintura de los muros estaba cuarteada, las cortinas, ajadas, y la decoración tenía un aire añejo. De las paredes colgaban los retratos de las anteriores dueñas del restaurante, todas muy similares a ésta: espaldas jorobadas, narices ganchudas, rubias cabelleras.

—¿La cena? —dijo Koko aterrada.

—Sí, te comeré, y me darás para varios días. Haré estofado, croquetas y pastelitos de niña. ¡Me estoy relamiendo sólo de pensarlo!

—Pero ¿las niñas se comen? —preguntó Koko, paralizada por el miedo.

—Sí, sí se comen. A no ser que tengas dinero... Si tienes dinero podemos llegar a un acuerdo.

—¿Dinero? ¿Qué es eso? —ya se ha dicho que Koko era muy ignorante. Nunca había oído hablar del dinero.

—Pero, ¿de dónde saliste tú? Escucha atentamente porque nadie te dará nunca un consejo tan útil: el dinero es lo más importante en la vida. Esta lección te la regalo, aunque de poco te servirá porque te voy a comer enseguida —y exhibió el cuchillo.

—¡No, por favor, no me coma! —sollozó Koko—. ¡Tengo algo muy importante que hacer! ¡Perdí mi rabo y voy de camino al mar para encontrarlo!

–¿Un rabo, dices? ¿Es que acaso eres un ratón disfrazado?

–No, tengo cola, pero soy una niña –respondió tragando saliva, apenas le salían las palabras–. Me llamo Koko y mis amigos –se refería a los dos pajarillos– me llaman Koko Rabo.

–¡Mientes, mientes! Que las Grandias de mis ancestros estornuden ahora mismo si estás diciendo la verdad –añadió señalando los retratos de la pared–. ¿Cómo vas a ser niña si tienes cola? ¿No serás un bicho venenoso?

–¡No soy ningún bicho! ¡Soy una niña! –contestó Koko enfurruñada–. Tengo cabeza y pies, como todas las niñas. ¡Y sí, tengo cola! Si hay niñas sin cola, peor para ellas. ¡Además, usted sí que es...! –no se atrevió a continuar la frase, a la mujer se le había caído de nuevo el ojo de cristal y mostraba su cuenca vacía.

–¡Niña o no niña, eres maleducada y grosera! –se colocó el ojo a toda prisa–. A mí me da lo mismo porque te voy a comer. Aunque reconozco que lo de la cola me hace dudar...

Grandia rodeó el mostrador y pasó a la cocina, que estaba formada sólo por una hornilla de gas y un pequeño fregadero. Agarró una botella de color verde oscuro, se la llevó a los labios y bebió largamente. Sucio, desordenado y regentado por una mujer caníbal, el sitio tenía cierto aire familiar que no desagradaba. Se podría decir que tenía un encanto espantoso.

—Sí, eso de la cola me hace dudar, comprobaré primero que no seas venenosa, hoy día ya no se puede confiar en nadie.

Grandia soltó el cuchillo, se acercó a Koko y la alzó con sus fornidos brazos. A la pequeña se le cayó el sombrero y se quedó muy quietecita como hacen algunos animales cuando los acecha el peligro. Koko pensó que moriría del susto. La mujer la olfateó y luego le examinó el pelo por si tenía piojos y le abrió la boca y miró dentro. Por último, sacó su enorme lengua y le dio un lametón en la cara para ver a qué sabía la criatura.

—Pues sí, parece que eres una niña —exclamó Grandia.

—¿Y usted sólo come niñas? ¿No le gusta la fruta? —preguntó Koko con voz temblorosa.

—¿Fruta? —gruñó Grandia—. Ya se me acabaron los saborizantes de fruta y no tengo dinero para comprar otros.

—¿Sabori... qué? —Koko intentó repetir la extraña palabra—. Yo me refiero a las peras, las manzanas...

—¿Me estás tomando el pelo? La fruta no existe, sólo masa artificial que se condimenta con polvos sabor a fruta. Y los únicos sabores que me quedan son chile verde, pimienta y habanero –Grandia señaló los tres botecitos de cristal que estaban en la repisa de la cocina–. Por eso te voy a comer.

–¿Qué tienen de malo esos tres sabores? –siguió Koko, intentando ganar tiempo.

—¡Pero qué rematadamente tonta eres, niña! Si le pongo chile verde o habanero a un panecillo me arderá la boca una semana.

—Y ¿cómo hizo la tarta, si no tiene chocolate? —la niña se refería al jugoso pastel que le había hecho caer en la trampa.

—¡Es de papel maché!

Koko observó de nuevo la tarta y se dio cuenta de que estaba pintada con betún. La levantó y comprobó que estaba hueca por dentro.

Grandia le dio otro trago a la botella y después dirigió una mirada siniestra a Koko.

—¡Basta de charla! —sentenció agitando el cuchillo que llevaba en la mano—. Tengo mucha hambre, muchísima hambre, y ha llegado tu hora.

∼ Capítulo 4 ∼
Pastelito de Koko

—¡Un momento, un momento! —exclamó Koko—. Llevo manzanas en la mochila, se las daré si no me come. Las manzanas son más saludables que las niñas.

—¡Grrr...! —espetó Grandia, a la que el hambre ya no dejaba articular palabra.

Sin perder un segundo, Koko abrió la mochila y sacó seis manzanas. Al verlas, los ojos de Grandia se abrieron como platos y de nuevo se le cayó la bola de cristal, aunque esta vez la atrapó en el aire.

—¡Dámelas, dámelas!¡Te prometo que te soltaré!

La muy malvada tenía los dedos cruzados detrás de la espalda. Agarró las manzanas y las abrazó contra su pecho, las olió y las chupeteó. Retemblaba de la emoción.

—¡Son manzanas auténticas! Ponte cómoda, siéntate en aquel silloncito mientras las cocino. Ahora eres mi invitada, ¡qué digo invitada, mi amiga! Y, además, ¿adónde vas a ir a estas horas? Quédate aquí esta noche y hazme compañía, mañana podrás seguir tu camino —y la cocinera sacó la llave del bolsillo, la paseó por delante de la nariz de Koko y volvió a guardarla rápidamente en el bolsillo trasero de su pantalón.

Tan pequeña e inocente era Koko que se tragó aquellas palabras. Hasta ahora sus únicos amigos habían sido los pajaritos y se sintió muy feliz por haber encontrado una amiga, así de repente.

—Está bien, me quedaré, pero mañana saldré al amanecer porque quiero encontrar pronto mi colita —Koko dio dos saltos de pura alegría y luego se sentó cómodamente en el sillón. Si no hubiese perdido el rabo, se habría colgado de la lámpara y habría comenzado a dar piruetas.

—Perdóname si te asusté —se disculpó Grandia con voz dulce—. La verdad es que me vuelvo un poquito loca cuando tengo mucha hambre. No volverá a pasar, lo prometo —Grandia soltó las manzanas y le dio otro trago a la botella—. Yo creía que la fruta era sólo una leyenda y ahora resulta que existe de verdad —mientras hablaba, pelaba las manzanas y encendía el fuego—. Ni mi madre, ni mi abuela, ni mi bisabuela vieron nunca una pieza de fruta. ¡Cómo me gustaría que estuvieran aquí para poder enseñárselas!

Grandia parecía ahora otra persona, más cercana y cariñosa. Ya no daban miedo su joroba ni su ojo de cristal ni su cuchillo.

Mientras Grandia preparaba la cena, y para no aburrirse, Koko sacó de su mochila el libro de Homero. Trató de leer, pero las letras se le juntaban porque estaba muy cansada. Así que sacó también su osito de peluche y se puso a contarle todas las aventuras que había vivido aquel día. Tan ajetreada y emocionante había sido la jornada, y estaba ella tan agotada, que no pudo siquiera terminar su relato, el sueño la venció antes de que la comida estuviera lista. Allí mismo, en el sofá, se quedó dormida, y durmió profundamente toda la noche.

A la mañana siguiente, cuando Koko abrió los ojos, tenía delante de sí una rica bandeja de manzanas al vino tinto. Grandia le había guardado su parte del manjar, y la niña compartió el desayuno con la cocinera. Después, charlaron y rieron durante horas, como hacen los amigos.

—¡Tengo que irme! —dijo al fin Koko—. ¡Ha sido un gusto conocerte!

Pero ya hacía mucho del desayuno, el tiempo pasa rapidísimo cuando uno está en buena compañía, y, ¡ay!, Grandia volvía a tener hambre.

—¡Ja, ja, ja! ¡Eres aún más tonta de lo que creía! ¿De verdad piensas que voy a dejar que te escapes? ¿Cuándo volveré a toparme con una comida tan deliciosa como tú?

Koko no daba crédito a sus oídos, se quedó blanca

del disgusto. Como nadie la había engañado antes, no sabía lo que era la mentira. Cuando se le pasó la sorpresa, resopló, dio dos patadas en el suelo y dijo con rabia:

—¡Mentirosa, embustera, farsante!

—Así me gustan a mí las niñas, la rabia les da un saborcillo picante. Tú enfádate, que yo voy encendiendo la hornilla...

—¡Espera, espera, llevo más comida en la mochila! —gritó Koko.

Esta vez, Grandia hizo a un lado a la niña y revolvió la mochila con sus grandes manos:

—¡Zanahorias y también piñones! ¡Qué festín! —y después de darle un par de tragos a la botella se puso a cantar y a cocinar—. ¡Qué buenas amigas somos tú y yo! —gritó desde la cocina—. No tengas en cuenta lo de antes, pequeña, es que me vuelvo loca con el hambre. Te prometo que no volverá a pasar.

Así es, Koko no sabía de muchas cosas, pero no tenía un pelo de tonta. Grandia la había engañado una vez; dos ya era demasiado. Debía salir de allí cuanto antes. No le quedaba ni pizca de miedo, un único pensamiento llenaba su cabeza: escapar. Entonces se acordó de Ulises. El héroe de Homero había vencido a Polifemo dándole a beber vino, pero Grandia ya bebía vino sin parar así que tendría que inventar algo diferente. Y se le encendió el foco.

Mientras la cocinera cantaba y partía los piñones en la mesa de la cocina, Koko se acercó sigilosamente y agarró de la alacena los botes de chile
verde, pimienta, y habanero. Veloz como un rayo,
sin que la mujer se diera cuenta, vació el contenido
de los tres botecitos en la botella verde de la que
Grandia bebía sin cesar y regresó a toda prisa junto
a su mochila.

Al terminar de partir los piñones, Grandia se
secó las manos, tomó la botella y le dio el enésimo
trago. El brebaje explosivo le bajó por la garganta
y cuando le llegó a la barriga la cara de la mujer se
puso de todos los colores. Profirió un grito tan ensordecedor que Koko se escondió detrás del sillón.

–¡Agua, agua! ¡Socorro, me quemo!

Grandia abrió el grifo, metió la cabeza bajo el
chorro y tragó toda el agua que pudo, pero por más
que bebía no sentía alivio alguno. Koko salió entonces de su escondite, corrió hacia Grandia, metió la
mano en su bolsillo trasero y le quitó la llave. La
cocinera no pudo detenerla, pues la postura no le
permitía alcanzar a la niña. Si apartaba los labios
del grifo sentía que la boca le ardía como el fuego.

Y así fue cómo Koko escapó de la terrible Grandia. Descorrió los cerrojos, abrió la puerta y corrió y
corrió alejándose sin cesar, con su equipaje a cues-
tas. Ya estaba muy lejos cuando cayó en cuenta de

que había olvidado su sombrero, su peluche y las aventuras de Ulises en el restaurante, pero no se le pasó por la cabeza darse la vuelta. Lo último que quería era acabar convertida en un pastelito.

～ Capítulo 5 ～
Jörgund, el Atrapasueños

Koko corrió hasta que estuvo segura de que Grandia no la seguía. Y después corrió otro trecho, por si acaso. Horas más tarde se hallaba en la cima de un montecillo pelado.

—¡Se acabó! Me vuelvo a casa. Esto de viajar al mar es una locura —decidió, convenciéndose de que si rebuscaba de nuevo en su casa tal vez aparecería la colita.

Pero la niña no sabía qué dirección tomar, pues de tanto correr se había perdido. Oteó el horizonte y sólo vio las lejanas chimeneas de las fábricas, basura y terreno baldío por todas partes. De modo que eligió un camino al azar y siguió avanzando, confiando en que antes o después daría con el riachuelo y la montaña. Como había escapado de un gran peligro, lo último que imaginaba es que hubiese otro esperándola. Y eso fue justo lo que sucedió: un león fabuloso surgió de pronto de la nada y le bloqueó el paso.

Koko se quedó petrificada, con los pelos de punta como si hubiera metido los dedos en un enchufe. Aquél no era un león normal. Tenía cinco patas en lugar de cuatro, tres colas, ocho ojos, diez orejas y una abundante melena de color morado. Era del todo inverosímil, un ser de fantasía más que un león, aunque sus temibles fauces y su poderoso rugido sí eran los característicos del rey de la selva.

—¡Groar! —rugió el león, al tiempo que agitaba sus tres colas en el aire, listo para dar un salto mortal y zamparse de un bocado a la pequeña.

—Pero ¿qué le pasa hoy a todo el mundo, que quiere comerme? —Koko cerró los ojos, ya se había resignado a su suerte cuando, de repente, la sorprendió una voz ronca y entrecortada.

—¡Atiende, león!

El que gritaba era un hombre mayor, de piernas delgadas y barriga prominente, que llegó corriendo y jadeando. A continuación, recitó lo siguiente con acento extranjero:

—"¡León leonado, detén tu pianado!" —viendo que el león no se daba por aludido, el hombre carraspeó y comenzó de nuevo—. Querer decir: "¡León leonado, detén tu peinado!".

Dicho lo cual, el león pestañeó y se atusó su peculiar melena. El viejecillo limpió el sudor de su frente y agitó la cabeza con resignación al darse cuenta de que se había vuelto a equivocar. Abrió entonces el morral que llevaba, sacó un libro muy gordo titulado *Libro del sueño,* hojeó sus páginas hasta dar con el capítulo "Versos potentes para pesadillas resistentes" y al fin leyó:

—Ah, sí, sí: "¡León leonado, detén tu... reinado!".

Al sonido de aquellas palabras, el insólito león tembló de las pezuñas a la melena, se le erizaron los pelos del hocico y sus ocho ojos, fieros hasta ese momento, se tornaron dóciles. Finalmente, con un ¡pluf!, la bestia se evaporó y dejó un rastro de humo azul.

Koko cayó de rodillas al suelo, temblando como un flan, y el viejecillo trotó hacia ella. Su atuendo era muy peculiar, vestía como una especie de explorador, pero como uno que hubiese salido de una excavación arqueológica, pues todas sus prendas estaban gastadas, polvorientas y deshilachadas. Llevaba un sombrero salacot de color beige oculto bajo un montón de suciedad y un monóculo descascarillado sobre uno de sus ojos. Las espesas cejas y bigotes blancos le ocultaban gran parte de la cara. Portaba una chaqueta sahariana de bonito corte clásico, muy gastada, un chaleco de cazador lleno de bolsillos abultados y, bajo éste, una camisa que algún día fue blanca. De su cuello colgaban un morral y unos binoculares. El pantalón de lino blanco estaba cubierto de barro, así como las botas de caucho que le llegaban hasta la rodilla. Cualquiera habría esperado encontrar en una de sus manos una escopeta o un rifle, pero lo que llevaba el anciano a modo de bastón era una vara de castaño medio carbonizada.

—¿Eres bien?

—¿Qué? —preguntó Koko incorporándose.

—Yo veo que eres bien. Yo prisa, prisa. Adiós —contestó el extravagante anciano con su gracioso acento extranjero, luego se dio media vuelta y puso tierra de por medio.

Pero Koko no quería quedarse sola, y además algo en aquel viejecillo le resultaba familiar.

—¡Espéreme! ¡No se vaya!

El viejo no la esperó. Siguió corriendo, aunque lenta y torpemente, pues lo frenaba la barrigota. Koko le dio alcance enseguida.

—¡No debo... pararme! Si mí parar..., mí no llegar a tiempo —el anciano jadeaba por el trote.

—¿Llegar, adónde? —preguntó Koko, siguiéndole el paso.

—Estar cerca... muy cerca.

—¿Muy cerca de dónde?

—De la Puerta... de la Luna. ¿Has visto cómo he finito... con pisadilla? —añadió con orgullo mientras corría.

—¿Pisadilla? —dijo Koko.

—Sí, león de pisadilla... escapado del mundo de los sueños... Es peligroso andar por aquí... a estas horas. Las pisadillas se escapan... por Puerta de la Luna.

—¡No le entiendo muy bien! —exclamó Koko trotando al compás del viejo.

—No, no..., por favor, habla... de tú —dijo el hombre ya casi sin aliento—. Tú no entenderme... porque yo no ser de aquí... Ser de Islandia.

El viejo corría de forma muy chistosa y sudaba mucho. Además, como llevaba el morral abierto, el libro que antes había utilizado contra el león se le cayó al suelo. Koko lo recogió y se lo devolvió.

—¡Gracias, gracias..., soy un desastro! No puedo perder... libro de versos. Literatura... cosa importante. Imaginación... misma hermana de sueños. Mi nombre está Jörgund..., soy geógrafo y Atrapasueños. Aunque tú tan pequeña y yo... tan mayor que, si querer, poder llamarme... abuela, quise decir, abuelo... ¿Cómo llamas tú?

—Me llamo Koko, aunque los pajarillos me llaman Koko Rabo, por mi rabo. Lo he perdido y ando en su busca —contestó ella.

El viejo frenó en seco. Observó a la niña fijamente y le dijo en tono muy serio:

—Las niñas no tienen rabo, ¿eres tú pisadilla? —y le apuntó con el libro como si le apuntase con una pistola.

—¡Qué manía con lo del rabo! No, no soy un bicho y no soy una pesadilla —Koko chilló con todas sus fuerzas—: ¡Soy una niña que ha perdido la cola! Estaba tan a gusto en mi casa. ¡Ojalá no hubiera salido nunca de viaje! Pero perdí mi cola mientras me duchaba en la cascada y se me ocurrió que habría llegado hasta el mar.

—Poder ser, poder ser —observó el abuelo. El hombre alzó el salacot y se rascó sonoramente su brillante calva mientras tomaba una decisión—. De acuerdo, poder venir con miga, quiero decir, conmigo. Mira, allí ser Puerta de la Luna.

De un bolsillo del chaleco sacó una brújula, consultó la posición en la que se hallaban y después, meneando afirmativamente su cabeza, señaló las ruinas de una antigua finca derruida. Sólo quedaba en pie un muro de unos tres metros de largo, poco más alto que la propia niña.

—Sol todavía en cielo, pero poquito sol. Hay que ser allí cuando sol se esconde, si no, no poder entrar en País de los Grandes Sueños. Vamos, vamos...

Siguieron trotando hasta alcanzar el muro. La cal se le había desprendido hacía tiempo y sobre las piedras desnudas crecía una tupida capa de musgo, moteada de líquenes y diminutas florecillas, que contrastaba con la aridez del paisaje.

—¡Aquí crece la hierba! —gritó Koko, dando unos saltitos de alegría.

–¡Sí, es bien! Como antes de la Gran-Gran Crisis, en los buenos tiempos. Ya casi nadie recuerda ello. Qué bien que tú sí saber, el campo ser entonces por todas partes.

El hombre sacó de su morral una especie de pan salado, y, de uno de los bolsillos de su chaleco, una navajilla. Cortó un par de trozos, uno para Koko y otro para él. La niña lo tomó agradecida y, con la boca llena, añadió:

–Cómo iba a olvidarlo, mi casita está rodeada de campo.

–¿Campo? Imposible. No hay campo.

–¡Claro que sí! ¡Con árboles, hierba, flores y hasta un río!

–Niña, ¿tú no ver las noticias?

—¿Las noticias?

—Sí, televisión.

—¿Qué es eso?

—Niña sin televisión más raro que niña con cola. Ser bien, yo te cuento todo, pero dentro, dentro, que se acaba tiempo. Ven, sentar aquí, pegar cabeza en musgo. Así, es bien. Pronunciar contraseña: "¡Ábrete sueño, tú eres mi dueño!".

—¡Ábrete sueño, tú eres mi dueño! —repitió la niña. Se había sentado al lado de Jörgund y apoyaba su cabecita en el musgo siguiendo las instrucciones del viejo. Los párpados comenzaron a pesarle como si la invadiera de golpe un enorme cansancio. Justo entonces el sol se ocultó entre las montañas, ambos cerraron los ojos y se quedaron dormidos junto al muro verde.

Y entraron en el País de los Grandes Sueños.

～ Capítulo 6 ～
En el País de los Grandes Sueños

Destellos, cohetes y chispas de mil colores bañaron a Koko y a Jörgund en el breve lapso que separa la realidad del mundo de los sueños. Luego el festival de luces se desvaneció y dio paso a una noche tan cerrada que Koko apenas alcanzaba a verse la punta de las botas.

—¡Ya hemos llegado! —exclamó Jörgund.

—¿Llegar, adónde? Si no nos hemos movido.

Sólo habían pasado unos segundos desde que pronunciara la contraseña, y a Koko le parecía que nada había cambiado. Seguía sentada junto al muro, lo único raro eran esas luces que habían relampagueado un instante.

—No, Koko, hemos pasado al otro lado, estamos en el País de los Grandes Sueños y lleva un tiempo adaptarse —la voz de Jörgund llegaba desde el interior de la oscuridad, suavemente y sin ningún error gramatical.

—¡Qué bien hablas, abuelo!

—Ya te lo dije, estamos soñando. Y aquí podemos hablar en cualquier idioma y entendernos sin problemas. Pero espera, yo conozco una forma de sintonizar la vista rápidamente. Ponte de pie y sigue mis indicaciones. Cierra los ojos, da media vuelta a la izquierda, media vuelta a la derecha y salta dando una palmada por encima de la cabeza. ¡Abre los ojos!

La niña repitió al pie de la letra el proceso y cuando abrió los ojos lo vio todo muy diferente. El muro de los sueños era ahora una colosal formación de cristales de cuarzo verde, cada uno del tamaño de un árbol, que centelleaba con la poderosa luz de una luna llena. A su derecha, un prado de hierba alfombraba el suelo hasta donde alcanzaba la vista, y, a su izquierda, había un extenso y colorido sembrado de tomates, berenjenas y calabazas. El aire era puro y fresco, y no quedaba ni rastro de basura o contaminación, ni se distinguían en el horizonte las sucias chimeneas de las fábricas del mundo de la realidad. Jörgund estaba a su lado, tenía los brazos abiertos y sonreía de satisfacción, como quien muestra por primera vez su hogar a un amigo.

—¡Abuelo, te ves más joven!

Se diría que Jörgund hubiese rejuvenecido veinte años, estaba mucho más delgado, su pelo tiraba a castaño y sus bigotes, bien arreglados, se curvaban graciosamente hacia arriba. Ya no se movía con pesadez, sino con elegancia y agilidad. El cambio también se mostraba en sus ropas, ahora limpias y relucientes. Parecía el maniquí de una tienda de modas.

—El tiempo transcurre de manera distinta en el País de los Grandes Sueños, aquí no se aplican las leyes de la realidad. ¿Te das cuenta de que, aun siendo de noche, puedes ver hasta donde alcanza el horizonte?

—¡Guau! —exclamó Koko—. ¡Es verdad!

A la luz de la luna, el mundo de los sueños tenía colores tan intensos como si luciese un sol radiante. La propia luna exhibía una faz encendida, sonriente y pícara, sus ojos eran de un profundo azul y sus labios y mejillas de rojo bermellón. Pero lo que más gustó a Koko fue volver a ver las estrellas, miles de ellas, en el cielo.

Y justo entonces sucedió una mágica transformación: todo cobró vida de repente.

El extenso prado de hierba se onduló en pliegues que se elevaron como los picos de una cordillera montañosa hacia la luna. Eran montañas rosas y amarillas, y cuando terminaron de alzarse, Koko vio que a la más cercana le salían antenas, ojos y una boca. No se trataba de una cordillera, sino de un inmenso gusano multicolor, que se alejó arrastrándose y tarareando una canción. Los tomates del sembradío se abrieron en dos mitades y salieron

volando. No eran tomates, sino catarinas rojas y verdes, del tamaño de un puño. Del suelo surgieron unos enormes monos narigudos que estaban tumbados bajo la hierba y que se sacudieron la tierra y se desperezaron y bostezaron como si acabaran de despertarse. Lo que Koko había tomado por berenjenas eran en realidad sus narices moradas y abultadas. Y las calabazas del sembradío se hincharon como globos y se convirtieron en medusas que se elevaron y llenaron el cielo de brillantes colores. Algunas rozaron a Koko y sus picaduras no le provocaron escozor, sino cosquillas.

De todas partes surgieron seres de ensueño, solos o en grupo, a pie o montados en todo tipo de animales voladores. Uno de ellos, que tenía la cabeza hecha de caracoles marinos y estaba sentado sobre una mariposa gigante, se acercó hasta donde se encontraban Koko y el abuelo y exclamó con tono educado:

–¡Buenas noches, Jörgund!

A continuación, unas niñas diminutas, del tamaño de libélulas, que tenían el pelo de fuego y ondeaban al viento sus flequillos en llamas, surcaron en formación el aire y dieron vueltas y vueltas alrededor de la pareja.

–¡Nos alegra que estés de regreso, Jörgund! ¿Quién es esta niña tan guapa? –dijeron al unísono.

–¡Es mi amiga, Koko Rabo! –respondió el abuelo, y luego comentó en voz baja, dirigiéndose sólo a Koko–: Ellas también son amigas mías, y son muy simpáticas, pero no te acerques mucho si no quieres quemarte.

–Nos gusta tu colita –exclamaron todas juntas antes de alejarse volando.

–¡Mi rabo! –dijo Koko, palpándose la rabadilla. Con tantas sorpresas no se había dado cuenta de que había recuperado la colita. La niña se puso a dar vueltas alrededor de sí misma tratando de sujetarla, como un perro que quiere morderse la cola. Cuando al fin la atrapó se puso tan contenta que chilló de alegría, y habría salido corriendo de no ser porque el abuelo la tenía bien sujeta de la mano para que no se perdiera.

–Mientras estés soñando no te faltará tu cola, pero debes saber que cuando despiertes seguirás sin ella. Ya ves que aquí dentro nada es imposible. No existen barreras para la imaginación y los sueños. ¿Te gustaría visitar mi casa en el País de los Grandes Sueños?

–¿Tienes una casa aquí? ¿Dónde? –preguntó Koko con la boca muy abierta.

Por toda respuesta, Jörgund se limitó a sonreír y dirigió su mirada a la luna.

∼ Capítulo 7 ∼
Jörgund vive en la luna

Agarrados de la mano, los dos tomaron impulso y dieron un salto y luego otro más grande y luego otro. Con el cuarto salto rozaron el pico de una estrella y un minuto después habían entrado en la órbita del satélite. Entonces se colocaron en la posición correcta y alunizaron levantando una nube de diamantina plateada.

—¡Estamos en la luna! —dijo Koko sacudiéndose la camiseta llena de radiante polvo selenita.

—¡Claro que sí! —rio el abuelo—. ¡Mira, aquélla es mi casa!

Los dos avanzaron dando ligeros saltitos; ahora la gravedad era más liviana y Koko podía caminar apoyada sólo en su cola. ¡Qué sensación!

Tras pasar unos cráteres dorados llegaron a la puerta de una cabaña. Ésta poseía gruesos muros de piedra de color pizarra y un tejado de madera a dos aguas cubierto de polvo lunar sobre el que crecían flores silvestres plateadas y largas hojas rizadas en tonos malva. La puerta de la cabaña tenía forma de media luna. Jörgund invitó a entrar a la niña.

—Pasa, Koko, bienvenida al refugio de los Atrapasueños.

El abuelo colgó el sombrero, el morral y la chaqueta en un perchero, y después cerró la puerta tras de sí. Automáticamente se encendieron una chimenea y varios candelabros de cristal. Una luz agradable y cálida iluminó la pequeña habitación repleta de cachivaches.

En las paredes se veían objetos peculiares, principalmente instrumentos para la medición geográfica: astrolabios, teodolitos, estereoscopios y muchísimos mapas antiguos y modernos, junto a otras cosas que carecían de nombre fuera del País de los Grandes Sueños. Cerca de la chimenea se amontonaba una mezcla de enseres, instrumentos de música como un trombón y una viola y utensilios de pintura y de navegación, un caballete, la vela de un barco o un gastado timón de madera. Estaba todo tan desordenado como un viejo almacén.

—¿Te gusta? —dijo el abuelo visiblemente orgulloso de su refugio—. Esta casa ha pertenecido a mi familia desde el primero de los Atrapasueños. A las pesadillas rara vez se les ocurre llegar tan lejos. Y además, es un observatorio maravilloso.

Koko se acercó a la ventana, a través de ella vio la inmensidad del espacio y las estrellas.

—Usa este catalejo, pon aquí el ojo —añadió el

abuelo, entregándole un cilindro plegable de color cobre.

Koko tomó el artilugio y observó a través de la lente.

—¡Todo está distinto!

El césped se había transformado ahora en una laguna; y las mariposas, en grandes veleros de colores.

—Así es el mundo de los sueños. ¡Si supieras lo difícil que resulta hacer un mapa de este lugar! Ahora mira por aquella ventana —señaló la pared opuesta.

Koko dirigió el catalejo a la otra ventana y vio dos figuras que roncaban plácidamente en medio de un páramo, bajo la oscuridad de la noche terrestre. No eran otros que Koko y el abuelo, tumbados en el mundo real. La niña exclamó de asombro, y Jörgund explicó:

—Te recuerdo que estamos soñando, ésos son nuestros cuerpos dormidos.

Al observar con más detenimiento, Koko comprobó que en el mundo real ella no tenía colita y le dio mucha pena. Abrazó su cola con cariño y deseó no dejar nunca de soñar.

Entonces Jörgund se acercó a unas estanterías llenas de libros y sacó un pesado atlas casi tan grande como Koko, con la cubierta muy gastada. Lo abrió por el mapa de la región y pasó el dedo por las cuadrículas hasta dar con el lugar en el que se habían quedado dormidos.

—Mira, aquí es donde se nos apareció el león de pesadilla y este muro es la Puerta de la Luna por la que hemos entrado —la marcó con un rotulador rojo—. Ya he localizado tres en esta misma área.

—¿Qué es aquello? —dijo Koko, señalando un pequeño óvalo de tinta esmeralda en el otro extremo de la página opuesta.

—Ah, ésa es la morada de la Madre Naturaleza, según la sitúan los sueños que han podido verla. Dicen que ahí resiste las afrentas de la humanidad.

El abuelo cerró el atlas y lo devolvió a la estantería.

—¡Cuántos libros! —exclamó Koko.

—Tengo colecciones de poemas, recopilaciones de conjuros y tratados sobre el sueño. Los libros son muy útiles, están llenos de respuestas. Personalmente, los que más uso son los de geografía, como ese viejo atlas que acabamos de consultar. Los atlas están llenos de mapas y uno nunca se pierde si dispone de un buen mapa.

Algo en la chimenea llamó la atención de Koko. En la repisa se apoyaba un estandarte, tenía una esfera blanca y en su interior destacaba una silueta negra, que parecía la figura estilizada de un dragón.

—¿Y esto? —preguntó la niña.

—Es el escudo de armas de mi familia, los Atrapasueños —respondió él con orgullo—. Lo bordó mi bisabuelo Jörgand, el primer Atrapasueños. Fue un gran hombre, un visionario que vivió en los tiempos de la Gran-Gran Crisis. Nos legó un archivo sonoro con sus principales descubrimientos, ¿te gustaría escucharlo?

—Sí —dijo Koko.

Jörgund tomó de la repisa el retrato de un hombre muy joven con mejillas sonrosadas y corbata de moño posando en escorzo. Al accionar una palanquita, la imagen se puso en movimiento y comenzó a hablar.

∾ Capítulo 8 ∾
El primer Atrapasueños

Esto fue lo que dijo el retrato del bisabuelo, con voz joven y apasionada:

Mi nombre es Jörgand de Islandia, hoy es día 1 de enero del año décimo de la Era de la Gran-Gran Crisis. Esta triste Era marca el final de la Naturaleza y la vida como se ha conocido hasta ahora y el comienzo del reinado definitivo y arrogante del ser humano sobre la Tierra, por primera vez solo, sin bosques, sin animales y sin nuevos misterios que descubrir. Antes de la Gran-Gran Crisis quedaban algunos animales y restos de vegetación, y las personas no querían desprenderse de los valores ancestrales. Pero la Gran-Gran Crisis puso punto final a todo lo antiguo. También los sueños se han visto afectados: nadie tiene ya grandes sueños, sólo pequeñas aspiraciones, deseos triviales. La misma palabra "sueño" sólo alude en estos tiempos a una mejora económica, como por ejemplo en la frase: "Sueño con tener un coche más caro". Y por la noche no se sueña o se sueña apenas con lo que se ha hecho en el día o lo que se ha de hacer al día siguiente. Los grandes sueños, los sueños que cambian el mundo han desaparecido.

O al menos eso creía hasta hace unas semanas, cuando yo, Jörgand de Islandia, que no tenía sueños, soñé un sueño antiguo. Soñé durante treinta y seis horas y, al despertar, el recuerdo del sueño era tan vívido que sentí la necesidad de dejarlo todo por escrito. Necesité tres días seguidos en los que no me detuve ni a descansar ni a comer. He llamado a mi escrito Libro del Sueño.

Allí relato que después de la Gran-Gran Crisis los seres de la imaginación y los grandes sueños de la humanidad, tristes y abatidos porque los hombres se habían olvidado de ellos, se marcharon muy lejos, al País de los Grandes Sueños. Se me reveló también que habían quedado unos accesos ocultos distribuidos por todo el mundo, las llamadas Puertas de la Luna, pues la luna es la intersección entre el mundo real y el de los sueños. Descubrí asimismo las instrucciones para entrar y salir por estos portales: sólo se puede entrar con el primer rayo de luna y sólo se puede salir antes del primer rayo de sol, la luna los abre y el sol los cierra, y es necesario pronunciar la siguiente contraseña: "Ábrete sueño, tú eres mi dueño", y antes de salir: "Ciérrate sueño, tú eres mi dueño". Sólo se puede salir por el mismo portal por el que se ha entrado. Además, si no se sale al mundo de la realidad antes de que amanezca, las consecuencias podrían ser fatales. Las Puertas de la Luna se ubican en lugares en los que queda algún pequeño resto de vegetación, pues, al contrario de lo que se piensa, la Madre Naturaleza no ha muerto totalmente, pese a los ataques que ha sufrido por parte del hombre, sino que vive triste en un retiro, al igual que los sueños.

Ya he encontrado la primera entrada y la he traspasado. Lo que contiene el País de los Grandes Sueños es tan maravilloso que todos los seres humanos deberían verlo con sus propios ojos. Por eso no he querido demorarme y he acudido a la ciudad, pero nadie ha creído mis palabras. Sólo he conseguido que me llamen fantasioso y se rían de mí.

Ah, pero no me daré por vencido. Aunque vivimos en esta Era del fin de la Naturaleza y la imaginación, yo he estado en el País de los Grandes Sueños. Y veo con claridad que el edificio más alto, un rascacielos, no puede compararse con un simple árbol o una mera porción de la fantasía que se refugia en el País de los Grandes Sueños.

Es por esto que quiero difundir el mensaje. Dedicaré mi vida a estudiar la geografía del País de los Grandes Sueños. Haré un mapa de las Puertas de la Luna y un mapa del interior de este país y no dejaré de viajar por las ciudades de todo el planeta hasta que alguien quiera escuchar mi historia. También he comenzado un anexo poético de mi libro, titulado "Versos potentes para pesadillas resistentes", porque he advertido que las pesadillas son muy revoltosas y se escapan a veces por las Puertas de la Luna con intención de atemorizar a los hombres. He descubierto que la mejor manera de devolverlas al interior de su País es mediante determinados versos, preferiblemente que rimen.

Cuando tenga hijos, intentaré que sigan mi labor porque creo que una vida sola no bastará para completarla. Un sueño pequeño sirve a una sola persona, pero un gran sueño…, un gran sueño puede ser bueno para todo el planeta. Es por esto que desde hoy me nombro a mí mismo el primer Atrapasueños. Si hay alguien ahí escuchando, éste es mi mensaje: sólo los sueños pueden ayudarnos. Los sueños no sólo sueños son.

Terminado el parlamento, el retrato se detuvo, y Jörgund lo devolvió a su estante.

—¡Vaya historia! —resopló Koko.

—Ahora que conoces el País de los Grandes Sueños también tú tienes que soñar en grande. De ese modo, Jörgand estaría orgulloso de ti.

—¿De mí? —preguntó Koko.

—Claro que sí —respondió el abuelo pasando sus dedos por el flequillo enmarañado de la pequeña.

De pronto, un fuerte ruido resonó en el techo de la casa, los tablones del tejado crujieron como si hubiese saltado un animal salvaje sobre ellos.

—No me gustó ese sonido —dijo Jörgund—. Espera aquí dentro, saldré a ver qué ha sido.

∾ Capítulo 9 ∾
El último Atrapasueños

Jörgund salió rápidamente del refugio. La puerta apenas estuvo abierta un momento, pero en el ínterin se coló polvo lunar y Koko dio un estornudo:

–¡Achís! –soltó Koko.

–¡Achís! –sonó inmediatamente después dentro de la cabaña. Koko dio un respingo, aquel segundo estornudo no había sido suyo.

–¿Quién anda ahí? –exclamó la niña.

Por toda respuesta llegó una risita apagada desde el fondo de la habitación. A Koko le pareció que brotaba de un cuadro cubierto por una sábana. La niña estaba un poco asustada, pero su cola no dudó un momento y destapó el cuadro con un sonoro latigazo.

Al caer la sábana se reveló una pintura al óleo, a tamaño natural, de un niño de siete u ocho años que lucía una media sonrisa. Tenía el pelo corto y rubio, la frente despejada y los ojos azules. Iba vestido con pantalones bombachos de color crema y una camiseta azul marino con un rayo amarillo en el frente. Llevaba las manos metidas en los bolsillos y las piernas muy abiertas.

Koko se acercó y miró detenidamente el lienzo, de trazos muy realistas. La niña se rascó la cabeza y, acto seguido, el retrato se rascó la suya. Koko se sobresaltó y dio un paso atrás, y el niño del cuadro dio también un paso atrás. Ella frunció el ceño y el niño la imitó de nuevo. Y en éstas estaban, cuando Jörgund volvió a la cabaña.

—Ahí fuera no hay nadie, debe haber sido un fragmento de asteroide... Ah, ya veo que has descubierto el retrato de Jörgind —dijo el abuelo.

—¿Quién es? ¿Por qué se mueve?

—Te presento a Jörgind, mi hijo. Lo pinté yo mismo de memoria con pintura de sueños, esa pintura no se está quieta.

—¿Tu hijo? ¿Es un cuadro?

—No, Koko, mi hijo murió, hace muchos años, éste es sólo su retrato.

—¿Qué pasó?

—Todo sucedió un día que estábamos cartografiando una zona llena de géiseres de algodón de azúcar. A Jörgind le encantaba venir conmigo al País de los Grandes Sueños, pues quería aprender muchas cosas para poder ser algún día un buen Atrapasueños. Faltaba poco para el amanecer cuando nos atacó una pesadilla.

66

–¿Una pesadilla?

–Sí, una de las pesadillas más terribles que existen, el Ogro Comerrecuerdos. Con un solo roce es capaz de borrarte varios recuerdos de golpe y, si te atrapa y te huele el pelo, estás perdido, primero lo olvidas todo y después te devora.

–¡Qué miedo!

–Sí, nunca olvidaré aquel día aciago. Después de una lucha tremenda con el ogro, conseguí arrancarle una púa y mi hijo y yo escapamos. Pero habíamos perdido un tiempo precioso y el sol estaba a punto de salir. La pesadilla nos siguió sigilosamente y justo cuando cruzábamos la Puerta de la Luna, sujetó los pies de mi hijo, de modo que sólo yo llegué al otro lado. Cuando abrí los ojos amanecía, y el cuerpo de Jörgind se deshizo en mis manos, convertido en niebla azul. Ésas son las nefastas consecuencias de no salir a tiempo del País de los Sueños. No tengo más hijos, yo soy el último de los Atrapasueños.

El abuelo se acercó lentamente al cuadro y volvió a cubrirlo con la sábana.

Koko le tomó la mano tiernamente y el viejo le devolvió una sonrisa. Luego consultó su reloj de bolsillo.

–Mira, qué tarde se ha hecho. Debemos regresar ya o se nos hará de día.

Salieron de la cabaña, y estaba Jörgund cerrando la puerta cuando los sorprendió un espeluznante gruñido:

—¡Rajarrái!

—¡Oh, no! ¡El Ogro Comerrecuerdos! —exclamó Jörgund, que recordaba a la perfección aquel bufido.

Sí, era el Ogro Comerrecuerdos. Una espesa mata de pelo marrón le brotaba desde la cabeza hasta los pies y lo cubría por completo. En las manos llevaba guantes rojos de boxeo. La cara era horrible, repleta de pelos duros, negros y sucios. Su boca estaba formada por unos enormes labios de color rosa fucsia, su barriga le sobresalía como si fuese a explotar. Y, lo peor de todo, estaba cubierto de púas, una amarilla, otra roja, otra marrón, otra verde, otra azul, otra negra. ¿Siete? ¡No, le faltaba una, tenía sólo seis!

Aquél era el ogro que le había arrebatado a su hijo, pero Jörgund reprimió los deseos de venganza y se concentró en poner a salvo a Koko. Agarró a la niña en brazos y escapó como por arte de magia, con la destreza de los que conocen al dedillo el País de los Grandes Sueños.

En un abrir y cerrar de ojos, Koko y Jörgund llegaron de nuevo al cuarzo verde por el que habían entrado.

—Vamos, Koko, date prisa. Cruza al otro lado. Yo me quedaré aquí hasta que tú estés a salvo, no quiero que se repita lo de Jörgind. Tienes que decir la contraseña.

—¡Ciérrate sueño, tú eres mi dueño! —exclamó la niña.

Y al segundo se hundió en el muro de cuarzo verde. Vio cómo el Ogro Comerrecuerdos se abalanzaba sobre Jörgund, pero no pudo avisarle porque ya estaba de camino al mundo real.

Cuando Koko despertó, todavía era de noche aunque faltaba muy poco para que saliera el sol. Su cola se había esfumado, y a su lado yacía Jörgund, con su barriga prominente, su cara llena de arrugas y las ropas polvorientas. El viejo tenía los ojos cerrados y se agitaba sin cesar como el que sufre una horrible pesadilla:

—¡Apartar, apartar! ¡No poder con miga, digo conmigo! —gritaba.

Koko zarandeó al abuelo, tratando de despertarlo, pero éste siguió enredado en la pesadilla.

Por mucho que uno lo desee, el sol no espera a nadie, y llegado el momento, el radiante rey del mundo lanzó el primero de sus rayos, sin importarle lo más mínimo el destino de Jörgund. En cuanto su calor templado acarició el cuerpo del abuelo, éste se desvaneció rápidamente en una niebla azul, ante la mirada atónita de Koko. Y el muro de la Puerta de la Luna se derrumbó en una miríada de fragmentos oscuros.

～ Capítulo 10 ～
El viaje no ha terminado

—¡Ay! –sollozó Koko–. ¡El Ogro Comerrecuerdos ha atrapado a Jörgund! ¡Ha muerto como su hijo!

En los últimos días, la niña había experimentado el desconcierto, la indignación y el engaño, y hasta había sentido pánico, pero ninguno de esos sentimientos podía equipararse a esta amarga tristeza.

De repente, un sonido inesperado interrumpió la quietud del yermo. Una voz llamaba a Koko desde muy lejos.

—¡Koko, Koko, Koko...!

La niña miró a la izquierda y a la derecha, pero no halló a nadie en ninguna parte. Afinó el oído y comprendió que la voz procedía de alguno de los fragmentos de muro que había diseminados por el suelo. Se agachó y rebuscó entre ellos hasta que encontró un trocito que vibraba con el sonido. Se lo llevó al oído y, tan claramente como se escucha el mar dentro de un caracol, oyó al abuelo, que decía:

—¡Koko, Koko!

—¡Abuelo! ¡Estás vivo! –gritó la niña.

—Sí, estar vivo, yo lograr espantar al ogro. Y ahora decir y decir: "Ciérrate sueño", pero seguir aquí dentro —el abuelo se quedó callado un instante, como si hubiera caído en la cuenta de algo importante—. Todavía ser de noche en mundo real, ¿verdad?

—No, Jörgund, ya amaneció.

—¿Yo no estar ahí dormido?

—No, tu cuerpo se ha transformado en humo azul y ha desaparecido.

—¡Ah! ¿Entonces yo no existir en vida de realidad?

—No.

—¡Yo estar muerto! Pero si yo muerto, ¿cómo que yo vivo? Quizá... ¡yo estoy fantasmo, digo fantasma! Ahora comprendo, como decía Jörgand: Los sueños no sólo sueños son. ¿Será que vida y muerte ser sólo sueño? Fascinante, fascinante, tengo que estudiar asunto.

Koko se había quedado sin palabras, pero el abuelo estaba de mejor humor que nunca:

—¡Ja, ja, ja! Mí ser fantasma y ahora pesar menos y no doler espalda. ¡Un momento...! Esto que pasar a mí ser lo mismo que pasó a Jörgind. Eso quiere decir que... Jörgind ser fantasma como yo y estar aquí en el País de los Grandes Sueños. ¡Alegría, alegría, daré con mi hijo! No hay mal que por bien no encuentre. Ea, Koko, tú ir al mar por cola, que yo ir a buscar a Jörgind.

—¡Ya no quiero ir al mar! ¡Yo lo que quiero es volver a mi casa! —gritó Koko con fastidio (no olvidemos que era sólo una niña pequeña).

—Hum…, pero tú estar ya muy cerca del mar. Justo antes de meta no ser momento de desfallecer. Tú niña valiente, no perder nunca nunca esperanza.

Koko recordó entonces la alegría que había sentido al reencontrarse con su cola en el sueño, y apretando los puños afirmó:

—¡Está bien, llegaré al mar, recuperaré mi colita!

—Para ir al mar tú dirigir a Ciudad del Boom, allí carretera al mar. Cerca, muy cerca, no hay pérdida. Tú mirar hacia sol, el camino a Ciudad del Boom ser sendero que estar por donde salir sol. Seguir recto, recto, no desviar.

En la dirección indicada, Koko descubrió un caminillo de tierra.

—Mucho cuidado —la voz de Jörgund se tornó súbitamente seria—. Ciudades no ser lugar seguro para niña de montaña. Cruza rápido, rápido. No hablar con nadie, no parar con nadie, no confiar en nadie. Después, el mar y tu cola. Si algún problema al llegar al mar, buscar Instituto Oceanomágico, preguntar por Gloria, mi amiga del alma. Instituto ser en un barco en los muelles, llevar esta piedra de Puerta de la Luna que tener en la mano y allí encontrar ayuda. Ahora mí marchar, Jörgind me espera. Adiós, Koko. Mi placer conocer a tú. Adiós, adiós...

A Koko se le saltó una lagrimita, sintió mucha congoja al despedirse del abuelo, pero también alegría porque éste tenía esperanzas de encontrar a su hijo.

—¡Gracias por todo, Jörgund! —gritó la niña.

Y la voz del abuelo, que no dejaba de decir adiós, se hizo muy, muy tenue hasta desaparecer finalmente.

Koko se colgó la mochila al hombro y se encaminó a la ciudad. El tiempo se le pasó rápido porque tenía muchas cosas en la cabeza. El País de los Grandes Sueños había sido una auténtica revelación. La niña soñaba con encontrar su cola, pero ahora se preguntaba si el suyo sería un sueño grande o pequeño. Jörgand había dicho que los grandes sueños son buenos para muchas personas, y la cola sólo le concernía a ella. Y así andaba, soñando despierta, cuando el sendero hacia la ciudad se cruzó con un camino de color negro, mucho más ancho y tan largo que parecía interminable.

—¿Adónde llevará este otro camino? Es como un río de piedra.

Koko se puso la mano a modo de visera y miró a

74

izquierda y derecha, pero no halló el final en ninguno de sus extremos. El abuelo le había dicho que no se desviara, así que decidió cruzarlo para retomar cuanto antes el sendero a la ciudad. Pisó la superficie negra y rugosa. Dio dos o tres pasos, pero le ganó la curiosidad y se puso de rodillas para observar de cerca el oscuro pavimento. Lo tocó y le pareció que su tacto era muy raro, así que se agachó otro poco y lo olisqueó. Un intenso olor a alquitrán le arrebató el sentido unos segundos. Instintivamente, Koko trató de apoyarse sobre su rabo, pero como no lo tenía se dio un culetazo.

Y, entonces, sin previo aviso, mientras estaba sentada en el suelo, una voluminosa y atronadora forma metálica con ruedas pasó a su lado a toda velocidad, llenándola de humo y dedicándole un sonoro pitido. Un hombre asomó su cabeza por un lado y gritó, mientras se perdía en la lejanía:

—¡Qué haces en medio de la carretera! ¡Sal de ahí si no quieres que te atropelle un coche!

Nunca, nunca antes en su vida había visto Koko un coche o una carretera. Se asustó tanto que salió corriendo y cruzó el asfalto en un santiamén, retomó el sendero de tierra y no dejó de correr hasta que hubo subido una colina. Al otro lado, a apenas dos o tres kilómetros de distancia, se alzaba una tremenda mole cilíndrica: Ciudad del Boom.

∾ Capítulo 11 ∾
Ciudad del Boom

La ciudad tenía la forma de un solo edificio mastodóntico de base circular, compuesto por siete plantas, cada una con la altura de un bloque de diez pisos y una superficie de varias hectáreas.

La cima de la ciudad estaba oculta a la vista por la perpetua nube naranja de contaminación. Por eso no había una sola ventana que se abriera al exterior. Sin árboles que la purificaran, la atmósfera circundante era venenosa, y todo el interior se abastecía de oxígeno gracias a grandes filtros y aparatos de aire acondicionado ubicados en la azotea.

Desde fuera, sólo se veía un enorme muro redondeado de concreto y plástico, dividido en siete niveles y completamente sellado. Koko pensó que parecía un monstruoso gusano gris, enroscado siete veces sobre sí mismo, cuya cabeza estaba escondida en el cielo nebuloso. Y es que Koko, a veces, tenía mucha imaginación.

Cuando llegó junto al muro, la niña lo rodeó en busca de una puerta. Y ya pensaba que le habría dado la vuelta completa a la ciudad cuando descubrió al fin una entrada. Se trataba de una portezuela metálica con un picaporte de plástico y el siguiente letrero: "Sólo personal de mantenimiento". Koko abrió la puerta y jamás hubiese imaginado lo que le esperaba allí dentro:

—¡Un bosque!

Toda la planta baja estaba ocupada por una densa arboleda. Había árboles fluorescentes y árboles enanos, árboles delgados que medían diez veces más que Koko y árboles muy retóricos con hojas en forma de corazón. El bosque relumbraba a la luz de los focos artificiales, pues en Ciudad del Boom nunca entraba la luz del sol.

—¡La ciudad no es un lugar tan malo como yo creía! —decidió Koko muy alegre, y ahora sí que le habría gustado tener su cola para ponerse a saltar de rama en rama.

Pero algo la hacía desconfiar, aquel bosque no olía a bosque, no se escuchaba el canto de los pájaros, ni se oía el rumor del agua, ni el de las ramas rozándose entre sí.

—¡Qué raro! —dijo mientras arrancaba de una rama una apetitosa pera y se la llevaba a la boca. Al darle un mordisco exclamó—: ¡Ay! ¡Está tan dura como una piedra!

No le hizo ni un rasguño a la pera, pero ella casi se partió un diente. Miró detenidamente la fruta y vio que tenía una etiqueta donde se leía: "Pera". La tiró al suelo y agarró entonces una ciruela de una rama cercana. Tenía también una etiqueta: "Ciruela". Se encogió de hombros y le dio un bocado.

—¡Ay! —gritó de nuevo, estaba durísima, era incomestible.

Con la tercera fruta y el tercer grito de dolor, la niña supo que algo iba mal. Siguió caminando y se topó con una plaquita muy vieja y sucia, la limpió con el borde de la camiseta y leyó:

BOSQUE DE PLÁSTICO MACIZO,
MONUMENTO A LA NATURALEZA MUERTA.

—Pero ¿qué es esto? —dijo Koko. Recogió en esta ocasión una naranja y la observó más atentamente. En aquella fruta también había una etiqueta que decía: "Naranja".

¡Qué cosa más rara! Apresuró el paso y encontró la escalera que conducía a la siguiente planta. ¡Pobre niña sin cola, acababa de llegar y ya había aprendido que, en la ciudad, las cosas nunca son lo que parecen!

∼ Capítulo 12 ∼
El Rey de la Primera Planta

E l silencio del bosque de plástico se convirtió en griterío en cuanto Koko llegó a la primera planta. Escuchó una banda de niños que corrían en tropel de un lado a otro y jugaban escandalosamente. La pequeña no había visto nunca a nadie de su edad y aquel bullicio le resultaba fascinante. Avanzó hacia ellos y los niños la rodearon en cuanto la vieron.

Era un grupo de lo más variopinto. Estaban todos tan sucios que no se podía distinguir ni el color de sus cabellos. Los niños dieron saltos alrededor de Koko y la miraron con un extraño brillo en los ojos.

—¡Hola, niña! —dijo el más bajito, acercándose a Koko y tocando su mochila—. ¿Cómo te llamas? ¿Te caíste por un desagüe?

Los pequeños se rieron. Y es que a la primera planta iba a parar toda la basura de la ciudad. Ellos eran los únicos habitantes del vertedero y vivían rodeados de los desechos que se iban amontonando a diario hasta que, una vez al año, el ayuntamiento de Ciudad del Boom cerraba las compuertas de toda la planta y le prendía fuego a la basura durante una semana entera. Los niños se escondían en otras plantas mientras duraba la limpieza. Sólo entonces regresaban.

—Me llamo Koko y voy en busca de mi rabo.

—¡Una niña con rabo! —dijo el niño bajito y todos se echaron a reír.

—¿Se están riendo de mí? —preguntó Koko a la defensiva.

El niño se colocó una corona hecha de latas vacías y respondió:

—¡Soy el rey y me río de quien me da la gana!

El recién coronado adoptó una pose orgullosa. Como Koko no entendía nada, cambió de tema y preguntó:

—¿Saben por dónde se llega al mar? Ahí es donde está mi rabo.

—¿Un rabo en el mar? Vaya idea tan estúpida... —replicó el rey con tono altanero.

Koko se dio cuenta de que no sacaría nada en claro de aquellos niños, así que se despidió de ellos:

—Ha sido un placer conocerlos, adiós a todos, no tengo tiempo que perder.

Pero no pudo mover ni un pie, los niños se interpusieron en su camino.

—¡La bolsa o la vida! —exclamó el rey.

—¿Cómo? —preguntó Koko extrañada.

—¡Idiota, idiota! —dijo otro—. ¿No sabes que no puedes pasar sin pagar peaje? Danos todo tu dinero.

Koko se asustó y respondió:

—¡Yo no tengo dinero!

—¡Entonces, la vida! —gritó el niño con corona, entusiasmado.

—¡Un momento! —intervino una niña que tenía varios chicles pegados en el pelo—. Mira, allí están las escaleras mecánicas. Seguro que llevas algo de valor en esa mochila tan grande, dáselo al rey y te dejará pasar.

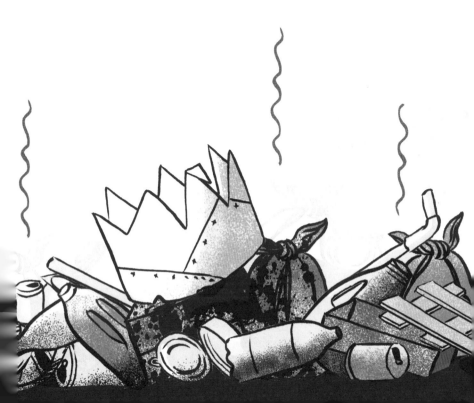

Koko vio unos escalones medio enterrados en la basura, tragó saliva y abrió su mochila. Sacó un lápiz y se lo dio al niño con corona, que dijo:

—¡Guau, qué bonito! Puedes pasar —y se sentó a pintarrajear el suelo con su nueva adquisición.

Koko sólo pudo avanzar unos pasos, pues el resto de los niños volvió a cerrar filas en torno a ella. La del chicle en el pelo le quitó la corona al rey y la puso sobre su cabeza.

—¡La bolsa o la vida! —exclamó.

—¡Pero si ya le di mi lápiz al rey!

—Ahora la reina soy yo.

Los niños miraron a Koko con cara de pocos amigos hasta que metió la mano en la mochila y sacó un florero. Se lo entregó a la reina, ésta dio un salto de alegría y se le cayó la corona.

—¡Miren lo que tengo! ¡Miren lo que tengo!

Otro niño recogió la corona y la colocó en su cabeza:

—¡La bolsa o la vida!

Koko entendió que su salvación dependía de que hubiese suficientes objetos dentro de la mochila. Entregó las botas de repuesto, el hornillo, un coche de lata, dos cuadros, la manta, la máquina de coser y el paraguas, un juego completo de lápices de colores, cada cosa a un rey diferente.

La mochila estaba cada vez más vacía y sin embargo el número de niños no parecía disminuir. Eran tantos que temió por su vida. De pronto, en un arranque desesperado, Koko lanzó la mochila sobre un montón de basura y gritó:

—Si la quieren, agárrenla.

Koko no perdió un segundo, corrió hacia las desvencijadas escaleras mecánicas y huyó a toda prisa. Imaginaba que en cualquier momento los niños se le echarían encima. Pero no fue así, el plan había surtido efecto, nadie la siguió. Los bribones se habían olvidado de ella y se repartían su equipaje. La mochila la había sacado airosa de dos situaciones de peligro, pero no podría contar con su ayuda de aquí en adelante. ¡Qué difícil era la vida en la ciudad!

∽ Capítulo 13 ∽
Objetos perdidos

La ciudad propiamente dicha comenzaba en la segunda planta. Una multitud abarrotaba las calles, olores dulces y amargos se mezclaban en el ambiente y cientos de automóviles llenaban las carreteras e invadían las aceras. Las viviendas se amontonaban unas junto a otras formando un auténtico laberinto y Koko casi se desmayó de la impresión, sentía que hubiese penetrado en las entrañas de una especie de monstruo. ¿Cómo podían vivir así las personas? ¿Quién querría residir en esta maraña de ruido, ladrillo, cables, postes eléctricos y hollín?

–¡Ahora entiendo el porqué!–exclamó al ver un gran cartel que decía: "Oficina de Objetos Perdidos"–. ¡La ciudad es un lugar fantástico! ¡Aquí encontraré mi rabo!

Dicha oficina era una ventanilla redonda que daba a la calle en una larga pared llena de ventanillas con otros muchos negocios y oficinas. Koko tuvo que esperar una larguísima fila que daba la vuelta a la manzana, pero finalmente llegó su turno. Detrás de la ventanilla, de doble cristal, había un doctor con uniforme verde y una placa con su nombre: Doctor Malacara. El consultorio era minúsculo. Una silla, una mesa con computadora y un enorme reloj de pared constituían el único y apretado mobiliario del singular cubículo.

—¿Y bien? —preguntó el doctor sin despegar los ojos de la pantalla, hablándole a un micrófono—. ¿Se puede saber qué te pasa?

El doctor tenía aspecto cansado y una barba larguísima que caía sobre la mesa y continuaba hasta el suelo.

—Perdí el rabo —dijo Koko, yendo al grano.

—Eso habrá sido una mala postura —contestó el doctor de mala gana. Empujó sin querer un porta bolígrafos y lo tiró al suelo. Al agacharse a recogerlo, tiró también una montaña de papeles.

—¿Una mala postura? —preguntó Koko mientras el hombre se situaba otra vez frente a la pantalla, procurando no tirar nada esta vez.

—No cabe duda, una mala postura —confirmó el hombre mientras consultaba la hora en el reloj.

—Pero yo creía que mi rabo estaría aquí...

—No le des más vueltas, tú lo que necesitas no es un rabo, sino una muñeca. A ver, ¿tienes muñecas?

—No, señor.

—¡Lo que pensaba! ¿Y bicicleta?

Koko negó con la cabeza.

—¿Qué hace, repito, qué hace una niña sin bicicleta? —el doctor Malacara no apartaba la vista de la computadora—. ¿Tobogán?

Koko volvió a negar.

—¡Eso es obligatorio a tu edad! —sentenció—. ¡Y un teléfono! ¿A que no tienes teléfono?

Koko bajó la vista al suelo.

—¡Cómo es posible vivir sin celular! —por primera y única vez, el hombre observó a Koko, eso sí, con expresión severa—. Dime, ¿qué harás si te pierdes? Y si no tienes teléfono, seguro que no tendrás computadora ni pantalla plana ni tablet ni consola de videojuegos ni proyector casero ni portarretratos digital... ¡Qué atraso!

Malacara le dedicó una mirada reprobatoria y Koko se encogió de hombros. Entonces el hombre se puso a teclear la receta, no sin antes volver a consultar la hora en el reloj de pared.

—Una muñeca, un cochecito para la muñeca, vestiditos, cocina, sartenes, vasos y trapos para la cocinita de la muñeca. ¡Y un muñeco! Con ropa, moto, oficina y maleta... Y por último, un teléfono, un reproductor de música, un televisor, una computadora de escritorio y otra portátil, una tablet y una buena conexión a internet, consola de videojuegos, proyector casero, portarretratos digital. ¿Escribí internet? Ah, sí, espera, que lo firmo.

Koko lo miraba boquiabierta. El doctor tomó una pluma y se manchó de tinta la larga barba, cosa que no pareció importarle lo más mínimo.

–Pero mi rabo... –añadió Koko.

–Está bien, no seamos tacaños, pondremos dos muñecas. Tomar por la mañana, a mediodía y por la noche, ve al centro comercial, allí lo tienen todo. Si el tratamiento no te hace efecto en un mes, vuelve por aquí.

El doctor gritó: "¡Siguiente!", y un nuevo paciente empujó a Koko y la sacó de la fila. La ciudad estaba empezando a resultarle fastidiosa.

En la segunda planta no encontró ninguna indicación que condujera al mar así que en cuanto vio una nueva escalera mecánica, ésta sí en funcionamiento y llena de gente, siguió subiendo.

~ Capítulo 14 ~
Superhiperboom

No fue el mar, sino un descomunal letrero en letras mayúsculas, SUPERHIPERBOOM, lo que vio Koko al llegar a la tercera planta, que era toda ella un enorme centro comercial. En cuanto salió de la escalera mecánica un gélido aire acondicionado recibió a la niña.

–¡Alto! ¿Dónde están tus padres? –le espetó un guardia–. Aquí no se viene a jugar, se viene a comprar.

Koko estaba confundida, no sabía qué contestar, lo único que se le ocurrió fue mostrar la receta del médico.

–Perdone, señorita, no sabía que venía usted de Objetos Perdidos, en ese caso puede pasar –dijo el guardia en tono más amable.

Acto seguido, recibieron a Koko unas mujeres vestidas con uniforme de falda roja y saco negro:

–¡Bienvenida al centro comercial! ¡Aquí podrás hacer realidad tus sueños!

La niña se adentró en el fenomenal establecimiento y un carrusel de colores y luces se desató frente a sus ojos. Había allí innumerables mostradores, puestecitos y tiendas, y regueros de consumidores dentro y fuera de los establecimientos, en los pasillos, en las cajas registradoras, en los ascensores. Mientras paseaba por el centro comercial, Koko descubrió un puesto de toboganes y un escaparate repleto de muñecas y otro de teléfonos móviles. Halló todos los artículos que aparecían listados en la receta, pero ninguno de ellos le interesaba lo más mínimo, lo único que le preocupaba era encontrar su rabito.

Hubo algo que sí llamó poderosamente su atención, un quiosco donde se exhibían colas de animales de distinta forma y tamaño. Sobre el mostrador destacaba un cartel que decía: "El perro de San Roque. Colas, rabos y rabadillas". De primeras, el dependiente no vio a la niña porque estaba tratando de guardar una cola de anguila que no dejaba de emitir chispazos.

—¡Detente, maldita! ¡Detente o te devuelvo a la fábrica de donde no deberías haber salido nunca!

A pesar de los calambres, el curtido dependiente logró meterla en un acuario. Se arregló entonces su chaleco azul marino con grandes botones dorados, se alisó el bigote y reparó al fin en Koko, que lo miraba expectante. El hombre carraspeó y se presentó:

–Ramón Rodríguez, para servirte. Dime, ¿buscas algo en especial?

–Koko Rabo, estoy buscando mi rabo –respondió la niña.

–Has venido al sitio adecuado, en este establecimiento vendemos colas de la mejor calidad –añadió el vendedor con una sonrisa de oreja a oreja.

Condujo a Koko ante un espejo de cuerpo entero y, sin dejar de sonreír, alcanzó una caja, sacó una cola y la sujetó con una pinza en la camiseta de Koko, a la altura del trasero.

–¿Qué te parece esta cola de gatito? El minino sólo la usó un par de veces porque era muy presumido.

Se trataba de una cola de angora, blanca y peluda, que se movía parsimoniosamente a un lado y a otro. Koko se contempló en el espejo y negó con la cabeza. Definitivamente, aquella cola no le sentaba bien. El hombre la devolvió a su caja y sacó otra más grande de debajo del mostrador.

–¿Qué tal ésta? Es una excelente cola de mantarraya. Finísima –chasqueó de pronto los dedos–. No, no, creo que te quedará mejor la cola de serpiente marina, pruébatela sin compromiso.

Koko se probó la cola de serpiente y un rabito enroscado de hipopótamo y la cola de Rucio y la de Rocinante y una maloliente cola de elefanta y la cola inquieta de un colibrí y la pesada cola de una delfina y el rabo con pulgas de un perro viejo y el rabo parduzco de una rata grande... ¡Incluso la portentosa cola de un dinosaurio! En opinión del dependiente, la que más le favorecía era la hermosa cola blanca de unicornio.

—Sí que es bonita, sí —concedió la niña.

—Si ya te has decidido —dijo el señor Rodríguez con su eterna sonrisa—, hablemos de dinero.

—Eso es fácil —añadió Koko, admirándose en el espejo—. No tengo.

—¡Pequeña ladrona! ¿Pretendes robarme? Ahora verás —exclamó el dependiente muy enfadado y pulsó un botón escondido bajo el mostrador.

—¿Qué sucede aquí? —preguntó un policía que llegó como una exhalación.

—¡Esta niña no tiene dinero! —contestó Ramón Rodríguez, muy ofuscado.

—Pero bueno, niña, ¿se puede saber a qué has venido entonces? —preguntó el agente.

Koko mostró la receta del médico. El guardia la leyó y sentenció:

—En esta receta no hay ninguna cola. Será mejor que te expliques.

Así que la niña contó su historia, dijo que había perdido su cola, que había entrado en la ciudad de camino al mar, que en la primera planta había tenido que dejar su mochila como peaje y que el doctor Malacara no le había prestado atención y le había recetado un montón de tonterías.

—¿Dices que perdiste tu cola?

—Sí, señor.

—Esto es inadmisible —añadió muy serio el policía—. Si te falta algo, será que estás rota. Te mandaremos sin más dilación al almacén y mañana volverás al fabricante. Nuestras galerías no pueden tener productos defectuosos.

Eso de que fueran a mandarla a una fábrica no le gustó ni un pelo a Koko. Hizo ademán de escapar, pero Ramón Rodríguez la agarró de la cola de unicornio, que todavía llevaba puesta, y el policía capturó a la niña.

—¡Quieta ahí, ladronzuela!

De un tirón le quitaron la cola, al tiempo que llegaban más guardias.

—¡Al almacén con ella!

Así fue como subió Koko a la cuarta planta, el vasto almacén de Ciudad del Boom. Esta vez no usó la escalera mecánica, sino un montacargas, y todo el rato la niña se quejaba amargamente.

—No estoy rota, soy una niña.

Pero no le hacían ningún caso. Los agentes la llevaron a un almacén donde se apilaban los artículos defectuosos que esperaban ser devueltos a fábrica.

Pusieron a Koko en el balde de una alacena y le dijeron:

—¡Ahora a dormir, y calladita!

Apagaron la luz al salir y se marcharon todos menos el vigilante, que se sentó junto a la puerta. Koko se sentía indignada y pensaba en escapar, pero se quedó dormida.

Habían sido demasiadas emociones para un mismo día.

∾ Capítulo 15 ∾
Miércoles

Quien se haya levantado alguna vez muy temprano –o se haya ido a dormir muy, muy tarde– sabe que el amanecer es un espectáculo maravilloso. El sol se despereza y cubre de un tono rosado la tierra, que ha pasado frío por la noche. Pues bien, en Ciudad del Boom no había una sola ventana por la cual observar el amanecer. ¡Y muy orgullosos que estaban sus ciudadanos de no necesitar el sol para nada! Todas las plantas tenían focos fluorescentes que brillaban dieciséis horas al día y permanecían apagadas ocho, para crear la noche.

Aquella mañana, exactamente a las seis en punto, como todos y cada uno de los días, el encargado de encender las luces de la ciudad apretó el interruptor y amaneció de golpe. Todo se llenó de luz, el bosque de plástico, el vertedero, las calles, los coches, los edificios, el centro comercial, las escaleras mecánicas... Y ¿quién es esa pequeñaja que corre que vuela por las escaleras que suben a la quinta planta? Tiene el pelo revuelto, camiseta amarilla, botas con cordones rojos y va pensando: "¡No me atraparán!". ¡Es Koko!

Koko se había despertado en plena noche y había descubierto que el vigilante estaba roncando. Le faltó tiempo a la niña para dar un brinco y escapar corriendo. Más tarde, cuando un superior le preguntó al vigilante cómo es que se había quedado dormido en su turno, el hombre respondió:

—¿A quién en su sano juicio se le habría pasado por la cabeza que un artículo defectuoso fuera a escaparse? Si uno está roto, lo normal es que quiera que lo arreglen.

Pero Koko no era un objeto roto, sino una niña que estaba hasta el gorro de la ciudad, así que puso pies en polvorosa, dejando al guardia patidifuso cuando la vio salir del almacén como un rayo. Antes de que el hombre pudiera dar aviso a otros policías, Koko ganó ventaja y llegó a tientas a las escaleras mecánicas. Ahí es donde la alcanzó el amanecer.

Los habitantes de la quinta planta eran muy madrugadores y pronto llenaron las calles con su bullicioso tumulto. Tenían por costumbre vestir siempre de largo, iban con traje de noche, frac, levita o esmoquin, por unas calles que estaban chapadas en oro. ¡Qué lujosa era aquella planta de Ciudad del Boom! Nada que ver con el resto.

¡Y qué hambre tenía Koko! Pasó sin detenerse

junto a bares, restaurantes y pastelerías, siempre con los guardias pisándole los talones. Corría por la prestigiosa avenida de las tiendas de la quinta planta, un lugar tan chic que todos sus clientes guardaban los recibos de compra para pegarlos en álbumes perfumados y mostrarlos a los amigos, igual que se enseña un álbum de fotos. No había nadie en Ciudad del Boom que no suspirase por comprar en aquella avenida, y también Koko habría dado lo que fuera por comerse al menos un sándwich. Tanta hambre tenía que debía perder de vista cuanto antes a los guardias.

Koko torció una esquina y se detuvo. ¿Habría conseguido despistarlos? No estaba segura. Caminó de espaldas unos pasos, atenta a la posible llegada de la policía; como no miraba dónde pisaba, chocó con un niño que estaba limpiando el cristal de un escaparate.

—¡Ay, ten cuidado, que me tiras la cubeta!

El niño usaba unas gafas pequeñas y redondas, vestía frac, guantes blancos y sombrero de copa. A simple vista, parecía uno más de los habitantes de aquella selecta planta, pero el trapo de gamuza y la cubeta de agua lo delataban. Era un limpiador, eso sí, muy elegante; y es que aquí hasta los limpiadores iban de etiqueta. El pelo bajo el sombrero era de color cobrizo, la melena le tapaba las orejas.

—¡Mira cómo has puesto el escaparate! Ahora tendré que limpiarlo de nuevo.

Koko tuvo una idea, le quitó al niño el trapo de gamuza y se puso a limpiar el cristal, de espaldas a la calle y sin dejar de mirarla de reojo.

—¡Oye, búscate tu propio escaparate! —exclamó el niño con enfado.

En ese momento irrumpieron los guardias a toda velocidad, y pasaron de largo sin advertir que aquella limpiadora era la fugitiva a la que andaban buscando.

—¡Que te estoy hablando a ti! —insistió el niño.

—¡Uf! —suspiró Koko—. ¡Por fin los perdí de vista!

—y arrojó el trapo de gamuza dentro de la cubeta dispuesta a seguir su camino.

El niño no daba crédito, puso los brazos en jarras y exclamó:

—Pero bueno, ¿quién eres tú?

—¡Ah, hola! Soy Koko, voy camino del mar, en busca de mi rabo. Tengo muchísima hambre. Y nada de dinero.

—¡Chis, calla! —dijo el niño llevándose un dedo a los labios—. ¿A qué viene eso de que no tienes dinero? ¿Es que quieres que te arresten?

—Ya me arrestaron anoche porque dicen que estoy estropeada, pero no es verdad, me llevaron a un almacén, y me escapé.

—¿Estropeada? Los guardias sí que están estropeados. Cuando yo llegué por primera vez a la planta quinta...

El sonido de las tripas de Koko interrumpió la frase. El niño se quedó callado un rato y luego añadió:

—Espérame en la parte de atrás de la tienda, en ese callejón. Estaré contigo en un momento.

Koko fue al callejón, se sentó en un banco y esperó. Al poco tiempo apareció el niño con un panecillo.

—Toma, Koko, ¡este bollo me costó todo el sueldo de hoy! Pero come lo que quieras porque yo no tengo hambre. Además, mañana ganaré más dinero. Ya me lo pagarás cuando consigas trabajo.

Sin mediar palabra, la niña tomó el pan y le dio un buen bocado. ¡Qué hambre tenía Koko!

−Yo soy Miércoles, el niño más genial de Ciudad del Boom. Sí, ya sé lo que estás pensando, no me llamo Domingo ni Sábado, esos nombres eran demasiado caros para mis padres, pero no me negarás que, viniendo de la segunda planta como vengo, Miércoles no está nada mal. Mis padres hicieron un esfuerzo económico y no me pusieron Lunes ni Martes, que son los nombres más baratos. Cuando busco trabajo me dicen: "¿Cómo te llamas, hijo?". Y yo respondo: "Miércoles, señor". Todos ponen cara de sorpresa: "Bien, bien, no está nada mal para venir de la segunda planta".

A Koko todo aquello de los nombres le sonaba a chino, pero no dijo nada porque tenía la boca llena.

−Está bueno, ¿eh? −dijo Miércoles−. Es auténtica masa artificial con rico sabor a pan y a sal.

Koko se comió hasta la última miguita, y el niño le preguntó:

−¿Adónde dijiste que ibas?

−Al mar. Allí está mi rabo −a Koko se le escapó un eructo porque la masa artificial da muchos gases−. ¡Uy, perdón!

—No tiene importancia. ¿Y eso de que por aquí se va al mar, de dónde lo sacaste?

—Me lo dijo el abuelo Atrapasueños, que el camino al mar estaba en Ciudad del Boom.

—¿Quién?

—¡Jörgund, el abuelo Atrapasueños!

—¿Qué diantres es un "Atrapasueños"?

—¿No lo sabes? ¡Qué ignorante!

A Miércoles no le sentó muy bien que le llamaran ignorante.

—Sí, sí que lo sé, sólo quería comprobar que tú también lo sabes. Los Atrapasueños son, son...

—Son los que saben por dónde se llega al País de los Grandes Sueños. Y los Grandes Sueños son una cosa muy bonita que pasa dentro de la imaginación y que hace felices no a una sino a muchas personas. ¡Mira! —Koko sacó el fragmento de la Puerta de la Luna que llevaba en el bolsillo.

—¿Qué tiene de interesante una piedra? —repuso Miércoles, encogiéndose de hombros.

—No es una piedra, es un trocito del muro por el que llegué al País de los Grandes Sueños. Para entrar hay que decir: "Ábrete sueño, tú eres mi dueño" —y la niña volvió a guardarse la piedra en el bolsillo.

—Ah, ¿y eso dónde se compra? —preguntó Miércoles con interés.

—No se compra ni se vende, que yo sepa.

—Entonces debe ser una tontería —contestó él.

—Todo lo contrario —replicó Koko—. Jörgand me dijo que los sueños son una cosa muy importante.

—¿No habías dicho que se llamaba Jörgund?

—¡Jörgand es su bisabuelo!

—Koko, eres la niña más rara que he conocido nunca. ¿De dónde has salido?

—Del campo.

—¡El campo no existe! ¡Y a saber dónde está el mar, ese viejo te ha mentido!

—Te digo que vivo en el campo. Y Jörgund sí que sabe dónde está el mar, tiene muchos mapas en su refugio.

—¿Mapas? —a Miércoles le tembló un poco la voz.

—Sí, mapas, tiene muchos mapas; hasta un atlas, que es un libro lleno de mapas.

—¡Calla, calla! ¿Pero no sabes que los libros están prohibidos? Los que quedan están guardados en la biblioteca, la biblioteca está clausurada y custodiada por el ejército.

—¿Hay una biblioteca en la ciudad?

—Sí, pero no se permite la entrada.

—¿Llena de libros?

—Sí, es un sitio muy peligroso.

—¡Llévame allí!

∼ Capítulo 16 ∼
Los libros no tienen la culpa

M iércoles sintió un escalofrío. No quería ir a la biblioteca, pero tampoco quería que Koko lo tomara por un cobarde. Así que accedió a llevarla, pensando que la niña se echaría atrás en cuanto se diera cuenta de que la entrada estaba prohibida.

Atravesaron plazas y callejas hasta llegar al final de la quinta planta. Detrás de los últimos edificios se alzaba el gran muro gris que envolvía la ciudad. Miércoles y Koko se apostaron tras un vehículo y asomaron las cabecitas para observar detenidamente la biblioteca.

En otros tiempos, el palacete circular de estilo clásico, rodeado de columnas y rematado por una enorme cúpula, debió ser un lugar majestuoso y concurrido, pero en la actualidad estaba abandonado y maltratado por el tiempo. De las columnas apenas quedaban unos restos, y, aunque el friso de la entrada había lucido en su día retratos de célebres escritores, ahora sólo se distinguía una oreja por aquí, una boca por allá... La entrada estaba precintada con anchas cintas de plástico rojo y blanco como las que se ponen en el escenario de un crimen. Y todo el edificio estaba cubierto por una gigantesca campana de cristal. Un soldado con metralleta, impecablemente uniformado, hacía guardia junto al siguiente panel informativo:

MONUMENTO A LA ESTUPIDEZ (ANTIGUA BIBLIOTECA)
En el año 30 de la Era de la Gran-Gran Crisis el gobierno de Ciudad del Boom clausuró para siempre la biblioteca y la precintó para que las generaciones venideras no olviden que los libros y el pensamiento fueron la causa directa del desastre.

Sobre el cristal había varios carteles: "Abajo los libros", "Los libros son el enemigo", "No pongas nunca un libro en manos de un niño", etcétera.

—¿Ves? —susurró Miércoles—. No hay manera de entrar. Ya te dije que es un lugar muy peligroso, Koko, los libros son malos y están prohibidos.

Sin embargo, en contra de la opinión oficial, había un reducido grupo de ciudadanos que mantenía la idea subversiva de que los libros eran beneficiosos. Y aprovechaban los cambios de guardia para lanzar cosas al cristal o dejar pintas en señal de protesta. Esa misma mañana habían arrojado varias piedras y una de ellas había abierto un boquete en la base de la campana. Habían aparecido también tres nuevos grafitis: "¡Que no te engañen!, la libertad está en los libros", "Los libros son el alimento del alma" y "Los libros no tienen la culpa", este último estaba escrito con letra infantil. Las pintas de los niños eran las que más preocupaban al gobierno porque anunciaban futuros revolucionarios. Un operario del ayuntamiento se esforzaba en quitar las pintas frotando con un cepillo, pero las letras no se borraban.

–¿Qué pasa, no sale? –preguntó el soldado.

–¡Hasta la tinta es rebelde! –respondió el operario.

–¡Qué poco civismo!

–Pues tendría usted que haber visto las del fin de semana...

Aprovechando que el soldado estaba charlando con el operario, Koko echó a correr hacia la campana y se coló por el boquete. Desde el otro lado del cristal, hizo gestos a Miércoles para que se le uniera, pero el pequeño se había quedado estupefacto, congelado, atónito. Sin embargo, temeroso de que el soldado lo descubriese, venció sus instintos y corrió hacia ella. Ya juntos, se metieron a toda prisa en la biblioteca por una ventana rota.

El vestíbulo estaba lleno de polvo y telarañas. Tenía las paredes forradas de estanterías, aunque se

hallaban completamente vacías y la madera estaba vieja y reseca. Una deteriorada lámpara de cristal, que un día fue fastuosa, colgaba del techo y aportaba algo de luz.

—¿Dónde están los libros? —preguntó la niña mirando las desoladas estanterías.

—¿No es un libro eso de ahí? —Miércoles señaló con el dedo un volumen olvidado en medio del suelo.

Efectivamente, se trataba de un libro antiguo y desencuadernado.

—Ya tienes tu libro, ¿podemos irnos ya? —preguntó Miércoles, nervioso.

—A ver, a ver... —Koko leyó el título—: Conversión de divisas obsoletas. No, éste no me sirve, necesitamos un mapa que diga por dónde se va al mar. Pero mira, parece que allí hay otro... ¡Y otro!

Eran tres los libros desperdigados por el suelo. Ninguno traía mapas.

—¡Mira, hay más ahí al fondo! —soltó Miércoles, que hubiera preferido mantener la boca cerrada.

—¡Vamos! —exclamó Koko.

Aquellos libros tampoco servían, pero estaban junto a una escalera de caracol que se internaba en el corazón de la biblioteca y la niña bajó sin pensarlo dos veces. Miércoles no tardó en salir corriendo detrás de ella, lo último que quería era quedarse solo en el vestíbulo. Los escalones conducían a un largo sótano, bañado por una luz de color ámbar, en cuyo fondo había amontonados cientos y cientos de libros. Era una gigantesca pila de forma piramidal y frente a los libros había otro funcionario, vestido con un overol azul y cubierto de tizne, que recogía los volúmenes con una pala y los lanzaba a un horno crepitante, donde eran devorados por las llamas. Al ver cómo ardían los libros, los niños no pudieron reprimir un gemido de asombro.

–¿Quién anda ahí? –dijo el hombre.

Koko y Miércoles volvieron a correr escalera arriba, pero el funcionario alcanzó a ver el frac de Miércoles y gritó:

–¡Alto, está prohibido el paso! –sin pensarlo dos veces, descolgó un teléfono y dio la voz de alarma–: ¡Alguien se ha colado en la biblioteca! ¿Cómo que no puede ser? ¡Lo vi con mis propios ojos!

Koko y Miércoles subieron los escalones de tres en tres y al llegar al vestíbulo, vieron que el soldado intentaba abrir una puerta acristalada. Tenía un manojo de llaves en la mano, pero no daba con la correcta. Puesto que no podían huir, los niños buscaron un lugar para esconderse. A su derecha una escalinata de madera conducía a la balaustrada interior de la biblioteca y ése fue el camino que escogieron. Subieron sin perder un instante y recorrieron un pasillo que se abría a las distintas secciones donde antes los libros habían estado ordenados por materias: Matemáticas, Física, Química, Lengua, Derecho, Geografía...

—¿Geografía? —exclamó Koko—. Éstos son los libros favoritos de Jörgund, aquí habrá mapas.

Allí dentro tampoco quedaban libros, pero en una de las paredes había colgado un mapa de carreteras de Ciudad del Boom, muy grande y muy antiguo. Se veía claramente dibujada la ciudad y, justo encima de ella, en la parte superior del mapa, destacaba una extensa área azul con la leyenda: "Mar".

—Te lo dije, te dije que el camino al mar pasaba por Ciudad del Boom.

La parte superior del mapa era el norte, y la parte inferior el sur, tal como identificaba la rosa de los vientos situada en un vértice, pero los niños no sabían leer los mapas y desconocían los puntos cardinales, así que pensaron que el mar debía estar literalmente encima de la ciudad, es decir, en la azotea.

Y entonces, ¡bang!, el soldado se había hartado de buscar las llaves y había disparado a la cerradura. Ya se oían sus pasos por el recibidor.

Miércoles escudriñó en todas las direcciones y reparó en el tubo de ventilación, que estaba parcialmente roto. Miró a Koko y la niña adivinó el plan. Ambos treparon por las estanterías vacías sin hacer ruido y se metieron en el conducto.

Una vez dentro, se agazaparon y permanecieron quietecitos para no ser descubiertos. Era un lugar sofocante y los niños estaban un poco apretados, pero a Koko no le importó, no se le borraba la sonrisa. Pasara lo que pasara a continuación, nada podría arrebatarle la felicidad de haber visto el mar, aunque fuese en un mapa.

～ Capítulo 17 ～
Las cosas más importantes

—¡El mar está muy cerca! —exclamó Koko dentro del tubo de ventilación.

—Calla, no hables tan alto o nos descubrirán.

Continuaron hablando en susurros, y fue Miércoles quien preguntó:

—¿Tú has leído muchos libros?

—Sólo uno y lo perdí. Me da mucha pena porque me encantaba, estaba lleno de aventuras.

—¿Aventuras? Yo sí que he vivido aventuras. Mis padres, que son pobres, me colaron en la quinta planta para que yo pudiera tener un futuro. ¿Qué te parece esa aventura? No los he vuelto a ver desde entonces, pero algún día me haré rico y los traeré para que vivan como reyes. Aventuras, aventuras... Yo vivo en la calle y un solo día en la calle tiene más aventuras que mil libros juntos.

—A lo mejor deberías hacerte escritor y contarlas todas —dijo Koko.

—¡Qué tontería! —replicó Miércoles, apartándose el flequillo de la frente tal como lo habría hecho un escritor presumido.

Los niños se quedaron un rato en silencio y después Koko cambió de tema:

—Cómo me gustaría estar en casita y pescar un pez así de grande.

—¿Hay peces en tu casa? Yo creía que ya no quedaba ninguno —dijo Miércoles.

—Claro que sí. ¡Son deliciosos! Si estuviéramos allí, pescaría uno y te daría la mitad.

—¡No, gracias! —contestó Miércoles—. Seguro que es muy caro, no podría pagártelo.

—¡No haría falta!

—¿No? ¿Por qué?

—Sería un regalo.

—¿Y me lo regalarías con el precio puesto para que yo pueda comprarte algo que cueste lo mismo?

Koko soltó una risita, se llevó la mano a la boca e hizo como si masticara algo.

—¡Qué rica! —exclamó de pronto—. Ésta es la mejor trucha que he comido nunca.

Miércoles la miró con asombro. Y entonces la niña fingió agarrar otro trozo de pescado y volvió a hacer como si masticase.

—¡Está muy sabrosa!

No había allí más pez que el de la imaginación, pero Miércoles se figuró el olor de la trucha a las brasas y le entraron unas ganas tremendas de probarla.

—¡Dame! —gritó Miércoles—. ¡Yo también quiero!

—¡Toma, toda para ti! Yo ya comí mucho.

Miércoles tomó el pescado imaginario y se lo metió en la boca.

—¡Cuidado! ¡Primero hay que quitarle las espinas! —le advirtió Koko.

—¡Está buenísimo! —exclamó Miércoles con la boca llena—. Sabe a caramelo de limón.

—¡Anda, es verdad!

—¡Mira, un panecillo con ajonjolí! —repuso el niño.

Miércoles sólo le tendió su mano vacía, pero Koko imaginó un pan calentito como el que se había comido esa misma mañana en el callejón.

—Gracias. Hum... Es el más rico que he comido nunca.

Y así pasaron un buen rato regalándose cualquier cosa que se les ocurría: Koko le dio una manzana y Miércoles le correspondió con un boleto para el autobús, Koko le regaló una montaña y Miércoles una casa de tres plantas, Koko le regaló la luna del País de los Grandes Sueños y Miércoles un cohete espacial. Estaban tan contentos que habían empezado a reír a mandíbula batiente sin recordar que andaban buscándolos.

—Koko, ¿quieres ser mi amiga? —dijo tímidamente Miércoles.

—¡Ya somos amigos! —exclamó la niña.

—Sí, es verdad. No hablaremos nunca de dinero cuando estemos juntos, ¿sale? Todas las cosas que tengamos, las reales y las imaginarias, serán de los dos.

—¡Sí! —respondió Koko.

Ambos sellaron su trato con un apretón de manos. Justo entonces, el peso de los niños, sumado al traqueteo, rompió el tubo de calefacción y cayeron estrepitosamente al suelo. El soldado andaba muy cerca, siguiendo la pista a las risas, y el estruendo acabó por delatarlos.

—¡Alto!

Miércoles se puso blanco del susto, después rojo y después lila. La garganta se le secó, tenía sudores, temblores y lo embargó un mareo repentino. Pensó gritar al soldado que los dejara en paz, que ellos no habían hecho nada malo, pero de sus labios salieron en cambio las siguientes palabras:

—¡Yo no hice nada! ¡La culpa es de ella!

Ah, fue entonces Koko la que cambió de color. Se puso roja, amarilla, verde. Primero Grandia y ahora Miércoles. ¡Lo había considerado su amigo del alma y la estaba traicionando!

Con los ojos llenos de lágrimas, Koko echó a correr, no tanto porque le tuviese miedo al soldado como por la deslealtad del niño. Sólo quería marcharse y no volver a ver nunca más a Miércoles, que no era el niño más genial, sino el más hipócrita de Ciudad del Boom.

El soldado corrió detrás de ella y Miércoles se quedó solo en la habitación. Más solo de lo que había estado en toda su vida. ¡Había captado pena y decepción en los ojos de Koko! No había pretendido realmente herir sus sentimientos ni traicionarla, pero eso era justo lo que había hecho.

El niño comprendió entonces la verdad. No era un valiente, sino un auténtico cobarde. El miedo le había nublado el pensamiento, y aquellas palabras tan mezquinas le habían brotado instintivamente. Sólo ahora que el peligro se esfumaba, los pensamientos volvían a ordenarse en su cabeza. ¿No era Koko su amiga? ¿No le había descubierto ella los libros, el mar, que el dinero no sirve para comprar las cosas más importantes?

No lo pensó más, tomó su sombrero del suelo, se colocó bien la corbata de moño, hinchó su pecho, y salió corriendo.

—¡Espérame, Koko! Yo te salvaré.

～ Capítulo 18 ～
El borde del abismo

Miércoles no tenía ninguna duda de que Koko se dirigía a la azotea, que es donde creían los niños que estaba el mar. Salió de la biblioteca, cruzó la campana de cristal y se dirigió a las escaleras mecánicas.

En el camino tuvo que atravesar el mercado, que estaba tan atestado como siempre. Al pasar junto a los lujosos puestos de comida artificial escuchó una extraña conversación.

—¡Cinco policías! —le decía un hombre a otro, llevándose las manos a la cabeza.

—¿Cinco?

—¡Y un soldado! Y los seis corrían detrás de la niña sin darle alcance.

"No hay duda, ésa deber ser Koko", pensó Miércoles. Unos puestos más adelante, escuchó los lamentos de un mercader:

—¡Pobre de mí! ¿Quién me pagará lo que esa niña rompió a su paso?

Miércoles aceleró. Ya dejaba atrás el mercado cuando oyó los gritos de una señora:

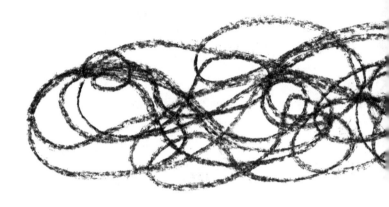

—¡No es una niña, es un demonio!

Divisó por fin las escaleras mecánicas por las que subían a toda prisa los cinco policías y el soldado, haciendo a un lado a la gente, y allá fue detrás de ellos en dirección a la sexta planta.

La sexta planta era el parque de atracciones de Ciudad del Boom, tenía cines y teatros y circos y museos y ruinas arqueológicas y parques acuáticos y salas recreativas y casinos y estadios de futbol y un planetario y cien ruedas de la fortuna y doscientas montañas rusas cada cual más grande y payasos y músicos ambulantes por doquier. Era fácil seguir el rastro de Koko, aunque las noticias que escuchaba sobre la niña eran cada vez más exageradas: "Es una pequeña ladrona de guante blanco, ha atracado el Banco de Ciudad del Boom", "La persiguen mil policías", "Es una niña asesina", etcétera. Miérco-

les tomó el último tramo de escaleras mecánicas, el que conducía a la azotea.

Nada más llegar allí sintió por primera vez en su vida el hedor de la nube tóxica y estuvo a punto de desmayarse, pero se recompuso de golpe cuando escuchó el grito de un policía:

—¡Ríndete, niña, no tienes escapatoria!

En el mismo borde de la azotea, que era un terreno en obras cubierto por la niebla anaranjada, se hallaba Koko asomada al abismo y cercada por sus perseguidores. Tras ella se abría el precipicio. Metros y más metros de altura la separaban del suelo, que ni siquiera se intuía entre el humo. La niña caminaba por el filo, con su camiseta amarilla y su pelo azotados por el aire y apretaba los dientes como un animalillo acorralado.

—¡No te haremos daño! —le gritaban.

—¡No huyas!

—¡Entrégate!

Koko dio un salto, se agarró a una grúa que sobresalía a su lado y trepó por la estructura metálica para alejarse de los policías. Fue entonces cuando Miércoles se adelantó y gritó:

—¡Yo la bajaré de ahí!

Los policías y el soldado se giraron hacia el pequeño.

—¿Quién es éste? —preguntó uno.

—Fue el que la delató en la biblioteca —afirmó el soldado—, es de los nuestros.

Los agentes del orden abrieron el semicírculo para que pasara Miércoles. Y el niño caminó entre ellos con aprensión. Tiritaba de miedo cuando se subió a la grúa y sintió el impulso de dar media vuelta y volver a su tranquila existencia en la quinta planta, pero continuó subiendo, sabedor de que si tropezaba o perdía el equilibrio le esperaba el vacío.

—¡Aguarda, Koko! —profirió Miércoles con voz trémula.

Koko había alcanzado el punto más alto de la grúa y lo miraba furiosa.

—¡No me hables!

—¡Mentí a los guardias, Koko, estoy aquí para salvarte! —explicó Miércoles.

El niño estaba llegando al extremo de la grúa y

Koko entendió que no había escapatoria. Dirigió la mirada hacia el vacío y sintió vértigo, ojeó después a los guardias y el mareo fue en aumento. Finalmente, miró a Miércoles y, de tanto mirar a un lado y a otro, perdió el equilibrio y se escurrió. ¡Menos mal que pudo agarrarse a un plástico azul que colgaba de la grúa! Se sujetó al plástico con una mano, y la otra se le quedó colgando en el vacío. Miércoles alargó su brazo y gritó:

—¡Dame la mano, Koko!

Pero también Miércoles se trastabilló, perdió el equilibrio y se escurrió. Afortunadamente, acabó agarrado al mismo plástico del que colgaba Koko. Ahora estaban los dos suspendidos en la nada, sus pies volaban sin apoyo, sus rostros reflejaban el pánico. Duros y valientes como eran, los propios policías y el soldado se habían tapado los ojos para no ver el inevitable final.

Y entonces, inesperadamente, Miércoles se echó a reír. Era una situación tan peligrosa y se habían metido en ella de una forma tan ridícula, que se murió de la risa. A Koko, en cambio, la cosa no le hacía ninguna gracia. Pero la risa es muy contagiosa, así que, sin quererlo, ella también empezó a reírse.

—¡Miércoles —gritó la niña—, eres más peligroso que Grandia, el león de tres colas y el Ogro Comerrecuerdos juntos!

AVENTURAS

Miércoles reía y reía, porque su miedo se había precipitado por el vacío, perdiéndose en el abismo, y tenía la sensación de que no volvería a sentirlo nunca más. Ahora lo percibía todo con otros ojos: aquélla era la experiencia más emocionante de su vida.

En ese preciso instante, el plástico se soltó del andamio y los dos niños cayeron al vacío. Los hombres nada pudieron hacer por evitar la caída, se quedaron boquiabiertos en la azotea. Reinó el silencio y luego sonó un grito lejano, el grito de Miércoles:

—¡Aventuras!

∼ Capítulo 19 ∼
La llegada al mar

Narciso Preciso era viajante. Normalmente trabajaba solo, pero aquel día tenía que hacer una venta en Ciudad del Boom y lo acompañaban en el coche su esposa y sus tres hijas, todas muy ilusionadas porque al fin iban a conocer el parque de atracciones de la sexta planta. Marchaban por la vieja carretera que avanzaba junto al mar, y estaban ya cerca de la ciudad, oculta a la vista por la nube de contaminación, cuando Narciso pisó el freno y detuvo el coche en seco:

—¡No puede ser!

—¿Qué pasa? —preguntaron las mujeres—. ¿Qué has visto?

—¡Algo increíble! —exclamó.

Narciso Preciso tomó los binoculares que llevaba siempre en la guantera, salió del automóvil y escudriñó el cielo. ¿Qué era esa intensa mancha azul que destacaba entre el humo anaranjado? ¿Un pájaro? Según se creía en las ciudades, los pájaros se habían extinguido, pero Narciso guardaba en secreto la firme convicción de que aún existían.

—¡Miren, hijas mías! ¡Un pájaro, sí, es un pájaro! ¡Lo sabía, siempre lo he sabido! ¡Y qué ave más exótica, no aparece en ninguno de mis manuales de ornitología! ¡Qué alas más grandes y más azules! ¡Miren sus patas! ¿Y no son cuatro? ¡Un pájaro con cuatro patas! Un momento, un momento, son más de cuatro... ¿Ocho? ¿No será una araña con alas?

Narciso Preciso volvió a enfocar sus binoculares y observó al pájaro con más atención, la inexplicable ave tenía un vuelo muy poco ortodoxo, iba dando bandazos y emitía unos sonidos de lo más raro, parecía decir:

—¡Tonto, tonto, tonto!

Pero eso era imposible..., los pájaros no hablan. Narciso prestó atención y distinguió con claridad:

—¡Aventuras! ¡Ay, Koko, no me pegues!

—¡Pues estate quieto, que nos vamos a estrellar!

Un pájaro parlante era demasiado para Narciso. Aquel bicho podía ser peligroso y por nada del mundo habría puesto en peligro a su familia, así que ordenó que todas volvieran a su asiento y echaran los seguros. Pisó el acelerador y desaparecieron en la niebla a toda velocidad.

El viajante que amaba en secreto a los pájaros nunca llegó a saberlo, pero lo que él había tomado por un ave era en realidad una pareja de niños, Koko y Miércoles, y sus supuestas alas azules las formaba el plástico que frenaba su descenso, sirviéndoles de paracaídas improvisado.

Y de pronto: ¡Pum! ¡Plaf! ¡Chuf! Los niños se zambulleron en el mar. Unos segundos más tarde asomaron sus cabecitas sobre las olas.

—¡Lo conseguimos! —gritó Miércoles a pleno pulmón. Se le había caído el sombrero y las olas lo habían llevado a la playa.

Koko nadó hasta la orilla, pero Miércoles se quedó en el mar, flotando boca arriba, con los brazos y las piernas estiradas en actitud triunfal. El mar tenía un color verde parduzco y estaba turbio. Había bolsas y papeles y plásticos en el agua, y más basura acumulada en la orilla. De repente, Miércoles tomó aire y se sumergió. Unos segundos más tarde volvió a la superficie, llevaba algo en la mano.

—¡Mira, Koko, encontré tu cola!

Koko estaba exprimiendo su camiseta amarilla para secarla, y al escuchar las palabras de Miércoles sintió que el corazón le daba un vuelco.

—¡Ah, no, es una cuerda! —exclamó el niño—. ¡Seguiré buscando!

Koko suspiró de desilusión. Y después agitó su pelo enmarañado tan fuerte que un millar de gotas salieron despedidas en todas direcciones.

La cabeza de Miércoles emergió de nuevo:

—¡Mira, Koko, tu cola! ¡Ah, no, es un cable! —y volvió a sumergirse.

—¡Qué niño más simple! —dijo Koko. Empezaba a enternecerle que Miércoles se tomara tantas molestias por buscar su cola.

—¡Mira, Koko, ésta sí que es tu cola! ¡Ah, no, es... agh, qué asco! ¡No era nada, pero ya verás cómo la encuentro!

Koko contempló la inabarcable inmensidad del mar y comprendió que hallar su cola era una tarea imposible.

—¡Déjalo, Miércoles, ven aquí!

Miércoles salió de las olas chorreando, recogió su sombrero de copa de la arena, se lo puso, se colocó bien las gafas y luego exclamó:

—¡Qué asco de agua, sabe a pan caducado!

—No sé cómo se me ocurrió que daría aquí con mi cola.

—Lo siento mucho, Koko.

—No es culpa tuya.

—Me refiero a lo de la biblioteca —añadió Miércoles—. Tuve miedo, no sé por qué dije aquellas cosas... Si me perdonas, prometo que nunca volverá a pasar.

—No hay nada que perdonar —Koko sonrió—. Yo también he tenido miedo a veces.

La niña se puso muy contenta, se había dado cuenta de que Miércoles no era un hipócrita. Aunque había cometido un error, Miércoles era verdaderamente su amigo, y ¿quién no comete un error de vez en cuando?

—¿Qué hacemos ahora, Koko?

—El abuelo me dijo que fuese al Instituto Oceanomágico si surgía algún problema.

—¿Y dónde está ese Instituto?

—En los muelles, es un barco.

Y los dos niños se dirigieron hacia el puerto, que se divisaba a lo lejos. Durante la caminata concluyeron que el mapa de Ciudad del Boom debía estar colgado al revés, pues el mar no se hallaba sobre la azotea, sino abajo, en el suelo. Y es que no les habría venido nada mal una lección básica de geografía.

∿ Capítulo 20 ∿
El Instituto Oceanomágico

No hallaron a nadie en el puerto. Los barcos llevaban años atracados y olvidados, pues no había nada que pescar. Se veían todos herrumbrosos y desvencijados. Todos menos un barquito de vapor que les llamó especialmente la atención. Tenía la proa pintada de amarillo y rosa, la popa de color azul y verde, la cubierta rojo chillón y la chimenea con lunares, de todos los tonos del arcoíris.

Decidieron subir a cubierta por la pasarela y preguntar si aquél era el Instituto Oceanomágico.

—¿Hola? —exclamó Miércoles.

—¿Hay alguien ahí? —añadió Koko.

La niña pisó un resorte en cuanto salió del pequeño puente y, ¡zas!, se accionó una trampa, una gruesa red los atrapó y los alzó unos metros sobre la cubierta. Sonó al instante una fastidiosa sirena y del interior del barco salió veloz una mujer con bata blanca y melena pelirroja, armada con un arpón.

—¿Quiénes son ustedes?

Los niños se revolvían en la red, se habían quedado sin habla del susto.

—¿Qué hacen aquí? —insistió ella, apuntándoles con el arpón. Poco parecía importarle que sus dos intrusos fueran sólo dos pequeñajos.

—Buscamos el Instituto Oceanomágico —respondió Koko—. Nos envía Jörgund.

—¿Jörgund? —la mujer cambió el tono—. Mi buen amigo Jörgund no enviaría aquí a nadie en estos tiempos inciertos. ¿Cómo sé que no me engañas?

Koko se contorsionó dentro de la red, alcanzó el bolsillo de su camiseta y sacó la piedrecita que guardaba.

—He traído esta piedra... —dijo.

Sin dejar de apuntar a los niños con el arpón, la mujer agarró la piedra.

—¡Vaya! ¡Un auténtico fragmento de una Puerta de la Luna! ¡Cuánto hacía que no veía una de éstas! ¡Por ahí podían haber empezado! ¡Los amigos de Jörgund son mis amigos!

La mujer pisó otro resorte y los niños descendieron suavemente sobre la madera roja del suelo. Los ayudó a desembarazarse de las cuerdas, escondió de nuevo la trampa y le devolvió la piedra a Koko.

—Pasen, pasen, bienvenidos al Instituto Oceanomágico. Mi nombre es Gloria, ¿cómo se llaman ustedes?

—Yo me llamo Koko.

—Yo soy Miércoles.

Gloria era muy hermosa, aunque tenía una verruga en la nariz como las de las brujas malas de los cuentos. Bajaron unas escaleras hasta un descanso y se detuvieron frente a una puerta metálica. Gloria introdujo una clave de seguridad en un pequeño teclado de la pared y la puerta se abrió automáticamente.

El interior de la nave era más parecido al de un enorme submarino que al de un barco de vapor propiamente dicho. No había camarotes ni salones, sino largos pasillos forrados de maquinaria, estaba todo lleno de botones y pantallas y luces resplandecientes. Además de las máquinas, había innumerables contenedores de agua salada, cuyo fondo se adentraba en el mar. En dichos contenedores nadaban peces de todas las clases y formas, y muchas otras criaturas marinas que parecían de ensueño: medusas fluorescentes, nautilos de cámara con su concha en espiral a rayas blancas y sepia y sus tentáculos blancos, estrellas de mar de seis brazos, tortugas con el caparazón verde, dragones de mar de cuerpo rosa, violeta y amarillo. Los niños lo miraban todo embelesados.

—Aquí hay muchos más peces que en mi montaña —dijo Koko.

—Yo creía que la Naturaleza había muerto —añadió Miércoles.

—Aquí en el Instituto tenemos tiburones y pulpos y ballenas... —afirmó Gloria con orgullo—, vivitos y coleando. La Naturaleza puede estar enferma, pero no ha muerto. Si hubiera muerto no estaríamos aquí ninguno de nosotros.

Llegaron a una pequeña mesa abarrotada de cuadernos y papeles con números impresos y muchos tachones.

—Siéntense—dijo Gloria soltando el arpón y ofreciendo a los niños dos pasteles de algas dulces.

—¡Gracias! —exclamaron ambos, que estaban realmente hambrientos.

—Coman, coman sin miedo. Son pasteles naturales, nada que ver con esa porquería artificial que venden en la ciudad. Miren allí, ¿ven aquella pared? Es un huertecito de algas.

—Pero ¿cómo es posible? —dijo Miércoles con la boca llena.

—Mi trabajo consiste en buscar los seres vivos que quedan en el mar —explicó Gloria pasándose los dedos por su ondulada cabellera pelirroja—. Cuando los encuentro, los curo con una pizca de ciencia y otra pizca de magia, y luego los preservo en estos estanques. También los mantengo a salvo de la gente, por eso hay trampas en el barco, toda seguridad es poca. Pero cuéntenme cómo está Jörgund, hace mucho que no lo veo.

–Jörgund... tuvo un accidente, está muerto –contestó Koko.

–¿Muerto? –preguntó Gloria llevándose la mano al pecho.

–Sí, pero ahora es un fantasma y está más contento que nunca en el País de los Grandes Sueños, anda buscando a su hijo Jörgind que a lo mejor también es un fantasma.

–¡Ah! ¿Es eso posible? –Gloria agarró uno de los muchos cuadernos que había en la mesa y escribió algunas anotaciones–. ¿Dices que un fantasma? Claro, claro, podría tratarse de una mera reacomodación de los átomos... Sí, esto está todavía por demostrarse... En fin, yo no puedo dedicar mucho tiempo a investigar el fenómeno, pero supongo que tiene sentido. Me alegro sinceramente por él y espero encontrármelo un día para que me lo explique todo con detalle. Y bien, ¿qué puedo hacer por ustedes?

–Estoy buscando mi cola. Jörgund dijo que tú me podrías ayudar.

–¿Una niña con cola? Dame un segundo, eso también debo apuntarlo. No tenía constancia de que existiera alguna. He de ponerme al día o mis colegas pensarán que me he quedado obsoleta –Gloria agarró otro cuaderno y anotó: "Niña con cola. Investigar"–. ¿Y qué pasó exactamente?

—No lo sé, el otro día me desperté y ya no tenía cola —repuso Koko.

—Veamos, ¿dónde la viste por última vez?

—En mi casa, y después de eso en el País de los Grandes Sueños. Allí sí la tengo.

Gloria se puso de pie y recorrió arriba y abajo el pasillo metálico, siempre con las manos en la espalda, tan pensativa que parecía haberse olvidado de los niños. De pronto sus ojos se iluminaron y regresó a la mesa.

—Ya lo tengo. No es un problema fácil de resolver, pero se me ocurre un modo. Si sale bien, tendrás tu cola en media hora o así.

—¿De veras?

—Sí. Mi hipótesis es la siguiente: puesto que tienes cola en el País de los Grandes Sueños, todo lo que tenemos que hacer es inducirte el sueño y ver

tu cola. Luego la escanearemos, la copiaremos y la descargaremos en la realidad con el Materializador Genético Multiusos. Como has traído un fragmento de Piedra de la Luna, podremos reproducir artificialmente en el laboratorio las condiciones necesarias para entrar en el País de los Grandes Sueños. ¿Quieres que lo intentemos?

Los niños brincaron de alegría y acompañaron a Gloria hasta el laboratorio. Una vez allí, Koko se subió a una camilla y Gloria la conectó al Materializador colocándole un casco lleno de cables.

–Metemos el fragmento aquí –dijo Gloria colocando la piedra en un cajoncito situado en la parte frontal de la máquina–y monitorizamos tu sueño con esta pantalla. ¿Estás lista?

–Lista –la voz de Koko temblaba un poco de la emoción.

–Cierra los ojos y relájate, yo haré el resto. Cuenta hasta diez.

Koko comenzó la cuenta: uno, dos, escuchó el sonido eléctrico de la máquina en funcionamiento, tres, cuatro, como tenía los ojos cerrados no vio que la pantalla se llenaba de chispas de colores, cinco, seis...

Al llegar a siete, Koko estaba de nuevo en el País de los Grandes Sueños.

～ Capítulo 21 ～
Koko pierde sus recuerdos

En cuanto se desvanecieron las consabidas luces de colores, la figura de Koko apareció claramente definida en medio de la pantalla, con su colita y todo. En el mundo real, la niña estaba en la camilla, dormida, con los cables en la cabeza y una sonrisa de satisfacción en los labios. Gloria hacía cálculos y mediciones y tecleaba complejos comandos informáticos y Miércoles miraba el monitor con la boca abierta. ¡Así que ése era el aspecto que tenía Koko con su cola! La niña corría feliz por el paisaje cambiante del País de los Grandes Sueños. De pronto una mueca de terror invadió su alegre rostro.

—¡Koko, Koko! ¿Qué tienes? —gritó Miércoles a la pantalla, pero la imagen no podía escuchar sus palabras—. ¡Gloria, Koko está muy asustada!

—Algo está fallando, pero no sé qué es —masculló Gloria.

Preocupada, la mujer observó atentamente el monitor. Una sombra se cernía sobre Koko, que trataba de huir de lo que fuese que la estaba persiguiendo. Tras probar infructuosamente unos ajustes, y temiendo que algo malo fuese a sucederle a la niña, Gloria desconectó el Materializador. En la pantalla quedó congelada una última imagen aterradora: Koko había sido alcanzada por una suerte de monstruo que vestía guantes de boxeo, tenía la cara llena de pelos negros y duros, y mostraba en su espalda siete... ¡no, seis púas! El monstruo acababa de agarrar a la niña por la cola justo cuando Gloria apagó la máquina.

Koko despertó enseguida, se quitó el casco lleno de cables y lo tiró al suelo, saltó de la camilla y siguió saltando y saltando hasta que de un salto se subió encima de un armario.

—¡Qué cosa más rara! ¿Qué será ese monstruo que hemos visto? —murmuró Gloria—. Anda, bájala de ahí mientras voy por el diccionario de pesadillas.

Gloria se marchó a toda prisa y Miércoles se acercó a Koko.

—Koko, ¿estás bien?

—¡Koko! —fue la escueta respuesta de la niña.

—¿Te has asustado? Ya pasó todo.

—¡Koko!

—Baja de una vez —Miércoles alargó el brazo para ayudarla y su amiga le dio un mordisco en el dedo.

—¡Ay, pero qué te pasa!

—¡Koko, Koko, Koko! —la niña saltó a la camilla y siguió saltando y correteando por el laboratorio, pronunciando su propio nombre una y otra vez. Tenía una expresión ingenua y pícara a un tiempo.

−¿No me reconoces? Soy Miércoles.

Pero ella no le prestaba atención. Brincó y se colocó sobre uno de los tanques de agua del Instituto Oceanomágico. Allí se quedó muy, muy quietecita, sin mover ni un músculo. Tan concentrada estaba que la cara se le puso roja. Y de pronto:

−¡Koko! −la niña metió sus dos manos en el agua y atrapó un pez brillante, tan grande como para dar de comer a tres personas.

−¡Suelta eso! −gritó Gloria que en ese momento volvía con el diccionario. Rápidamente le quitó el pez a la niña y lo arrojó de nuevo a la pecera.

−A Koko le pasa algo raro −explicó Miércoles−. No sabe quién soy y no deja de decir "Koko".

−Seguramente sea sólo un efecto secundario de haber interrumpido bruscamente la operación, un trastorno pasajero −contestó Gloria, pensativa−. Pero acabo de leer en el diccionario de pesadillas que ese monstruo de la pantalla es el Ogro Comerrecuerdos, lo cual complica las cosas. El ogro podría haberse merendado los recuerdos de Koko.

−¡Ay, no! ¿Qué podemos hacer? −exclamó Miércoles, que había acorralado finalmente a Koko en un rincón e intentaba que dejase de dar saltos.

−Lo más fiable es usar la Máquina del Tiempo

Pasado Inmediato —contestó Gloria, con voz grave—. Si ha sido el ogro, la pérdida de recuerdos sería irreversible. Pero tenemos que actuar rápido, la Máquina del Tiempo Pasado Inmediato está en fase experimental, sólo es capaz de retroceder cinco minutos en el tiempo... ¡Y ya hace cuatro que la conectamos al Materializador! Rápido, tenemos que meter a Koko en esa cabina.

Miércoles se lanzó sobre Koko y la agarró con todas sus fuerzas. La niña chilló, mordió y pataleó, pero no pudo impedir que la metieran en la máquina del tiempo. Gloria cerró la puerta de la cabina y apretó un grueso botón rojo.

—¡Tápate los ojos, Miércoles!

Los dos se cubrieron los ojos y de la ranura que había bajo la puerta de la cabina surgió una intensa luz blanca. Sonó un pitido y luego todo volvió a la normalidad.

—Ya está —dijo Gloria—. Veamos si funcionó.

Miércoles abrió la puerta de la cabina, se hallaba vacía. De pronto, el niño escuchó una voz inconfundible a su espalda:

—Uno, dos, tres, cuatro... —Koko estaba tumbada en la camilla, con los ojos cerrados y el casco en la cabeza, tal y como había estado cinco minutos antes.

—¡Funcionó! —gritó Miércoles con entusiasmo. Y Koko detuvo la cuenta y abrió los ojos.

144

–¿Qué es lo que funcionó? Yo no he notado nada.

Gloria y Miércoles relataron la peripecia, y la mujer se cercioró de que Koko estaba en perfecto estado. Únicamente había perdido cinco minutos de vivencias y recuerdos, la mayoría de ellos muy desagradables.

–Lo malo del asunto –dijo Gloria– es que el Ogro Comerrecuerdos está acechándote. Es preciso que no vuelvas a soñar, al menos hasta que se canse y se vaya. De otro modo, te atrapará en cuanto pongas un pie en el País de los Grandes Sueños. Yo no me arriesgaría en varios meses, esta clase de ogro es muy persistente.

–¿Y cómo recuperaré mi cola?

–Pues no lo sé, he hecho cuanto estaba a mi alcance –añadió Gloria–. Será mejor que te vayas olvidando de ella.

–¡No puede ser! ¡No es justo, no es justo!

–Lo siento mucho, Koko –Miércoles no sabía cómo consolarla.

–¡Quiero irme a mi casa! –la niña frunció el ceño, enrabietada–. ¡Pero ni siquiera sé dónde está!

–Bueno, al menos en eso sí te puedo ayudar –añadió la mujer–.Vengan conmigo.

Gloria los condujo hasta un depósito donde se almacenaban varias escobas, varitas, alfombras, un puchero muy hondo y gorros de bruja de distintas formas y colores.

—Estos días uso sobre todo la ciencia y las computadoras, pero en mis comienzos todo esto me era muy útil. A ver, dónde la puse...

Agarró una alfombra y subieron a cubierta. Allí la desenrolló con un movimiento de muñeca y el aire se llenó de polvo. El tejido era muy hermoso, con su rico estampado en tonos rojizos, aunque el polvo acumulado por los años impedía ver el dibujo con precisión.

—Es un método de transporte un poco pasado de moda —dijo Gloria—, pero sigue siendo igual de práctico. Suban.

En cuanto los niños pisaron la tela, Gloria alzó los brazos, cerró los ojos y exclamó:

—¡Alfombra mágica, yo te lo ordeno, lleva a estos niños a casa y regresa como el trueno!

De pronto, Miércoles y Koko se elevaron suavemente en el aire. Se quedaron un segundo flotando a la altura de la cabeza de Gloria y después la tela salió volando como una exhalación. Y la mujer volvió a quedarse a solas en el barco, con sus criaturas marinas y el eterno rumor del mar.

∼ Capítulo 22 ∼
Mustarí Karé

La alfombra abandonó el Instituto Oceanomágico y fue ganando altura. Después de su vertiginoso despegue, siguió flotando con suavidad, para alivio de Koko y Miércoles, a los que se les había puesto el estómago al revés. Era tersa y esponjosa al tacto, pero también firme. Pronto los niños perdieron todo el miedo, y hasta tuvieron la ocurrencia de ponerse a saltar como si fuese una cama elástica.

–¡Salta, Miércoles!

–¡Yupi!

Brincaron a sus anchas, viajaban tan a gusto como en primera clase.

–¡Ay, ay, cuidado, mocosos, que me hacen daño! ¡Me están metiendo el pie en el ojo! –sonó una voz.

Los niños se abrazaron el uno al otro y se sentaron enseguida. La que había hablado era la alfombra. El dibujo impreciso de su tela no eran dos enormes flores, como había pensado Koko, sino dos grandes ojos alargados, con enormes pupilas negras.

–Gracias, así está mucho mejor. Me presentaré: soy el príncipe encantado Mustarí Karé. Mi linaje se remonta al menos diez mil años, eso sí, no me pregunten nada de aquella época ancestral, porque no me acuerdo. Sé que caí presa de un hechizo y que he tenido dueño tras dueño hasta que me compró Gloria en una subasta por internet. Llevo tanto tiempo enrollado que he empezado a confundir memoria y fantasía. Si mal no recuerdo, la última vez que surqué los cielos fue en el año 1000 o 1500... Por cierto, ¿en qué año estamos? ¡Ay, qué ganas tenía de volver a volar! Agárrense, los llevaré a casa, pero primero voy a contemplar el paisaje, hace muuuuuuucho que no me doy un paseo... ¡Cof, cof...! Y además habrá que asearse, claro que sí, buscaré un oasis para refrescarme y librarme de todo este polvo –a pesar de su edad, Mustarí Karé seguía siendo un príncipe muy presumido.

Los niños se miraron divertidos y sorprendidos, se tumbaron boca abajo en la alfombra y asomaron la cabeza para mirar el mundo. Aunque era casi primavera en la región, no había una sola pincelada de verde en los campos y, en cualquier caso, habría sido imposible distinguirla porque el suelo estaba totalmente cubierto de basura y herrumbre. A lomos de su peculiar montura, los niños atravesaron montañas, valles y estuarios, y cada pedacito del desdichado mar y la desdichada tierra que veían estaba contaminado con mugre, inmundicia, chapopote...

—¡Por las Doncellas del Ocaso! —dijo la alfombra—. ¿Es que ya no quedan oasis en la Tierra? ¿No hay siquiera una palmera donde sacudirse?

Pero tampoco había palmeras ni nada similar. Sólo ciudades deshabitadas y medio derruidas sobre cuyos escombros se erigían otras ciudades nuevas, parapetadas tras muros herméticos de concreto y plástico, como los de Ciudad del Boom. Cada vez que sobrevolaban uno de esos monstruosos enclaves, niños y alfombra tosían

y tosían sin parar, pues todas las ciudades estaban circundadas por un extenso anillo de aire contaminado. Mustarí Karé renunció finalmente a la idea de una agradable limpieza.

—¿Y dónde están los palacios? —exclamó luego con pesar—. ¿Dónde los jardines de naranjos? ¿Dónde las minas de lapislázuli?

La alfombra hubo de dar un rodeo para esquivar la terrible lengua de un incendio. En los tiempos posteriores a la Gran-Gran Crisis los humanos habían dejado de preocuparse por los desastres naturales, escondidos como estaban en sus inexpugnables fortalezas de concreto y plástico. Ni el fuego ni las inundaciones les importaban lo más mínimo.

Sobrevolaron kilómetros y kilómetros subidos a la alfombra mágica y el paisaje era siempre el mismo.

Al caer la tarde, atravesaron una llanura desierta y Koko identificó las ruinas de lo que antes fue la Puerta de la Luna.

—¡Mira, Miércoles, por ahí entré al País de los Grandes Sueños!

Y enseguida sobrevolaron el restaurante de Grandia, y Koko ocultó un poquito la cabeza. Acto seguido, en el yermo, divisaron la base de la montaña y se introdujeron en la niebla anaranjada que había que atravesar para llegar hasta la cumbre.

La alfombra ascendió sin decir palabra hasta que la nube quedó bajo ellos, cubriendo el mundo. Y la límpida cúpula celeste se mostró entonces en toda su inmensidad. El sol había comenzado a declinar y a resguardarse tras las altas montañas donde tiene su hogar, y el cielo era de un azul profundo y hermoso. Miércoles estaba fascinado. Siendo como era habitante de una de las ciudades precintadas del nuevo mundo, nunca antes había contemplado el cielo por encima de la nube de contaminación. La propia azotea de Ciudad del Boom estaba inmersa en aquella misma niebla, de modo que allí tampoco pudo ver nada. El espectáculo del cielo abierto era pura magia para él. Finalmente, la alfombra tomó aire y exclamó:

—¡Hemos llegado!

—Has vuelto a tu casa, Koko, ¿no estás contenta? —preguntó Miércoles.

Pero Koko lloraba amargamente.

En el saliente antes alfombrado, situado a pocos metros de la cumbre de la montaña, sólo quedaban los restos carbonizados de su hogar. Un incendio había trepado montaña arriba durante su ausencia y había arrasado la casa y los árboles y el huerto de Koko. No quedaba rastro de los pajaritos que habían sido su familia, y el arroyo que le había calmado la sed, y en el que tantas veces había pescado, estaba seco. No quedaba nada de verde, sólo unos despojos oscuros, incapaces de evocar el paraíso que una vez fueron.

La alfombra tomó tierra y Koko corrió hacia los escombros. Rodeó el cerco negro que antes había sido su casa, se detuvo sobre las cenizas que una vez fueron árboles, tocó las piedras antes bañadas por el arroyo y gateó por la pared seca que había sido la cascada. La niña se sentía desconsolada y lanzó un grito desgarrador:

—¡Mi casa, mis árboles, los peces, los pájaros...! ¡No queda nada, nada!

Miércoles no se atrevió a abandonar la seguridad de la alfombra, y Mustarí Karé miró a la niña con compasión. Tantos años de existencia le habían dado para vivir muchas experiencias, para conocer lugares y épocas muy diversas, para contemplar el sufrimiento de muchas, muchas personas, así que su corazón estaba endurecido. Pero la tristeza de Koko logró conmoverlo.

—Ven, Koko —dijo Mustarí Karé—. Se me parte el alma de pensar en dejarte aquí. Quizá no queden ya más bosques en el mundo, pero yo conozco el camino al Bosque Primigenio, donde habita la propia Madre Naturaleza. Es un lugar oculto a los hombres y quiero creer que seguirá en pie. Vamos, dejaremos a tu amigo en la ciudad y luego te llevaré al Bosque Primigenio para que puedas vivir entre árboles y pájaros.

—Yo iré donde vaya Koko —dijo Miércoles.

—Muy bien —añadió Mustarí Karé.

Koko se subió a la alfombra y ésta tomó altura. La niña preguntó entonces con voz temblorosa:

—¿Por qué está enferma la Tierra?

—No lo sé —contestó el príncipe—, pero te diré algo, también yo me siento enfermo. ¿Qué le ha pasado al hombre en estas últimas centurias? ¿Se ha vuelto loco?

La alfombra aceleró y se marcharon en silencio. Esta vez no hubo saltos ni bromas. Koko apretó el borde de la tela mágica entre sus manos y echó la vista atrás, para contemplar por última vez las ruinas de su hogar. Y aunque apretaba fuerte y le hacía algo de daño a Mustarí Karé, la alfombra no se quejó.

～ Capítulo 23 ～
La Voz del Bosque

Viajaron durante horas y Mustarí Karé dio extraños quiebros y requiebros en el aire, pues aun yendo en línea recta el camino al Bosque Primigenio es muy intrincado. Se hizo de noche y los niños se quedaron dormidos sobre el tapete, y cuando los despertó el sol todavía estaban en el aire. Pasó un buen rato hasta que, de pronto, se hizo visible una mancha de verdor en el corazón de una extensa y deshabitada zona industrial. Torres eléctricas, largas chimeneas, puentes metálicos, cables y faroles se interponían entre el verde y los viajeros, pero Mustarí Karé sorteó con pericia cuantos obstáculos le salieron al paso. Finalmente, la alfombra se elevó sobre la alta y pesada verja tras la que estaba confinado el bosque y aterrizó con suavidad en una franja de césped, situada justo antes de la masa de árboles.

En otros tiempos el Bosque Primigenio había sido ilimitado, ahora apenas medía un kilómetro de ancho y tenía forma ovalada, la misma que Koko había visto dibujada con tinta esmeralda en el mapa de Jörgund. Allí había árboles, arbustos, flores, hierba, insectos, pajarillos... Era una hermosa floresta, pero también aquí causaba estragos la civilización: las verdes hojas estaban muy llenas de polvo, el suelo estaba abarrotado de latas y cartones, y el propio canto de los pájaros sonaba un tanto afónico.

—¡El campo! —gritó Koko y se lanzó hacia un árbol y lo abrazó. Era una higuera, cargada de frutos maduros.

—¡Si no lo veo, no lo creo! —exclamó Miércoles.

—La última vez que estuve aquí —dijo Mustarí Karé—, el verde se extendía hasta donde alcanza la vista. Ahora que hemos llegado, reconozco que temí que la Madre Naturaleza hubiese abandonado definitivamente el mundo.

Habiendo finalizado su tarea, la orden de Gloria comenzó a hacer efecto y Mustarí Karé, el príncipe de las alfombras, sintió que una fuerza lo impelía a regresar al Instituto Oceanomágico. Nada hubiese deseado más que quedarse allí con los niños, pero sus hebras se tensaron y se elevaron contra su voluntad.

—Mi dueña me reclama... No puedo permanecer más rato con ustedes. Adiós, niños.

—¡Gracias! —dijo Koko con una sonrisa de nuevo en su rostro—. ¡Muchas gracias!

—¡Adiós, Mustarí Karé! —gritó Miércoles.

156

—¡Adiós, mis amigos, no los olvidaré! —y la alfombra guiñó un ojo y se esfumó volando. Tal vez Gloria volviera a enrollarlo y se quedara guardado otros mil años, pero los niños no tenían duda de que, más tarde o más temprano, el príncipe volvería a surcar los cielos.

Los pequeños se quedaron tristes y alegres; tristes por la marcha de su amigo y por la terrible desolación que habían presenciado en la montaña, y alegres por el exuberante panorama que se desplegaba ante ellos.

Koko volvió los ojos a la higuera y arrancó dos ricos higos, uno para ella y otro para Miércoles. Al hacerlo, un temblor sacudió el Bosque y una voz potente y cavernosa brotó de sus entrañas.

—¿Qué hacen aquí dos humanos? ¿Es que no se cansarán nunca de robar?

A Koko se le cayeron las frutas de la mano y corrió de vuelta al césped, junto a Miércoles. Reuniendo valor, la niña levantó la vista y preguntó:

—¿Quién eres?

—¡Qué especie tan despreciable! ¡Siempre ensuciando, destruyendo, robando! —replicó la atronadora voz—. ¡Piensan que todo les pertenece!

Los niños se dieron la mano, asustados. Aquel estrépito que llegaba de los árboles tenía un timbre sobrehumano, compuesto de mil matices distintos.

Y reflejaba un enfado desmedido y un amargo, inconsolable pesar.

—¿Quién eres? —insistió Koko.

—¡Y siempre preguntando, preguntando y preguntando! —continuó la voz—. ¡Palabras! ¡Palabras! ¡Ah, qué tiempos aquellos en que el hombre mostraba respeto al bosque y pedía permiso antes de tomar sus frutos! ¡Venía con humildad, con sinceras intenciones, y el bosque decía: "¡Por supuesto, come lo que quieras, no dudes en tomar lo que necesites!". ¿Y ahora qué? ¡Llegan en manada y lo rompen todo, lo esquilman todo, lo queman todo! ¡Se van con las manos llenas y el bosque muere o se queda hecho una pocilga! ¡Largo de aquí, ladrones!

—¡Viejo maleducado! —espetó Miércoles, que había estado callado hasta entonces—. ¡No somos ladrones!

—¡Cuida tus palabras, mentecato! ¡Estás hablando con la Voz del Bosque, el heraldo de la mismísima Madre Naturaleza! —fue la ensordecedora respuesta.

—Perdónenos, Voz, si la hemos ofendido —se disculpó Koko—. Hemos hecho un largo viaje para venir hasta aquí y estamos cansados. Tenía hambre, y por eso he tomado esos higos. No era mi intención robar ni hacerle daño.

—¡Palabras! —contestó la Voz del Bosque—. ¡Las

palabras no convierten las cenizas en árboles, ni replantan el monte, ni limpian la basura del prado, ni depuran los arroyos, ni reconstruyen las madrigueras, ni devuelven los nidos a sus copas!

—Por favor, déjenos vivir aquí —suplicó la niña.

—¡Largo! —gritó la voz con ira profunda—. ¡Vuelvan por donde han venido! ¡Fuera, fuera!

Y del interior del bosque llegó un enérgico viento que agitó con fuerza los cabellos y la ropa de los niños. Miércoles tuvo que sujetarse las gafas, su sombrero salió rodando por el césped, y ambos se asustaron tanto que corrieron a guarecerse junto a la verja.

∼ Capítulo 24 ∼
La Niña del Pelo Verde

Al amparo de la verja, Koko y Miércoles tomaban aire tras el vendaval y la discusión con la Voz del Bosque. La situación había tomado un curso completamente inesperado.

–¿Qué haremos ahora? –dijo Koko abatida.

–No podemos quedarnos aquí –añadió Miércoles, también con desánimo.

–Pero ¿adónde iremos?

–Si al menos estuviera con nosotros Mustarí Karé…

Se quedaron un rato sin hablar. Al otro lado de la verja, les esperaba la desierta zona industrial y, más allá, el yermo hediondo y peligroso. Observaron apenados la linde del Bosque Primigenio, tan cerca de ellos y, al mismo tiempo, tan lejos. Fue Koko la que rompió el silencio:

–Es normal que la Voz del Bosque no nos quiera… El ser humano se ha portado muy mal con la Naturaleza.

–Sí, pero nosotros no tenemos la culpa.

–Aun así, puedo entender al Bosque y siento lástima por él. Mira este césped, Miércoles, está lleno de cristales y latas y plásticos, como el basurero de Ciudad del Boom. Y aquellos árboles de allí están sucios y tristes...

Los únicos árboles que conocía Miércoles eran las réplicas de plástico que decoraban las grandes avenidas de la quinta planta, confinadas en pequeños arriates y huecos en el asfalto. Aun siendo de mentira, los árboles urbanitas tenían más lustre y alegría que la verde muralla exterior del Bosque Primigenio. Y no faltaban botes de basura junto a la hierba artificial de los parques, que además era rastrillada y limpiada a diario por los funcionarios correspondientes.

—¡Claro, eso es! ¡Tengo una idea, Koko! ¿Recuerdas lo que dijo la Voz del Bosque?

—¿Qué?

—Eso de que las palabras no limpian la basura ni devuelven los nidos a las copas de los árboles. ¡Vamos a recoger la basura, Koko, como hacen en Ciudad del Boom! ¡A lo mejor así la Voz del Bosque cambia de idea y nos permite vivir aquí!

—¡Sí, lo dejaremos todo tan limpio que ya no querrá echarnos!

Los niños saltaron de alegría y luego cruzaron la verja por un lugar donde los barrotes estaban caídos y se internaron en la zona industrial. Pronto volvieron empujando unos grandes contenedores con ruedas que encontraron junto a una piscina vacía, en el patio de una fábrica. Con palos, trapos y cartones fabricaron unas escobas y unos recogedores, y usaron también diversas cajas y bolsas para amontonar más fácilmente los desperdicios.

Trabajaron sin descanso todo el día, metiendo y metiendo basura en los contenedores, pero el césped que precedía al bosque era más extenso de lo que habían supuesto y, al atardecer, apenas habían conseguido limpiar una pequeña porción del terreno. Aquella noche durmieron sobre la hierba limpia, y sus tripas rugían de hambre, pero ni por ésas se atrevieron a acercarse al bosque. Para su sorpresa, al despertar por la mañana descubrieron un puñado de higos y nueces muy cerca de sus cabecitas.

–¿Como habrá llegado esto aquí? –preguntó Koko–. ¿Escuchaste algo esta noche?

–No, estaba tan cansado que dormí como un leño –respondió Miércoles con la boca llena.

–A lo mejor ha sido la Voz del Bosque...

Animados por este pensamiento, los niños se lanzaron a continuar la tarea. Barrieron, recogieron y echaron toda la basura a los contenedores, y cuando se hizo de noche habían limpiado un espacio tan grande como el del día anterior, aunque todavía quedaba mucho trabajo por delante. De nuevo, al despertar, hallaron junto a ellos, un montoncito de comida, en este caso, melocotones, tomates y fresas que devoraron con fruición. Les dio suficiente para el desayuno, la comida y la cena.

Y así siguieron muchos días. Cada mañana se levantaban con el sol y tomaban los alimentos que aparecían misteriosamente a su lado. Koko y Miércoles estaban convencidos de que era la Voz del Bosque quien les proporcionaba las frutas y las verduras y, bien alimentados, no les faltaba ni la energía ni el buen humor. El césped estaba cada vez más limpio y brillante y los niños se sentían felices y orgullosos de sí mismos. Todas las noches dormían a pierna suelta, completamente agotados, pero también satisfechos. Tan sólo había una nota triste, Koko echaba de menos su colita. Gloria le había dicho que se fuera olvidando de ella, pero eso le resultaba inconcebible.

Y finalmente llegó el día en el que los niños terminaron de recoger toda la basura. Como cada tarde, fueron a lavarse a un pequeño arroyo, y andaban decidiendo si limpiar el polvo de las hojas de los árboles o ponerse a cavar un cortafuegos cuando llamó su atención una silueta a la entrada del bosque. Era una niña que tenía hierba en la cabeza en lugar de cabellos, unos pajarillos revoloteaban a su alrededor. La niña alzó un brazo y los llamó:

—¡Hola! ¡Por aquí!

Los dos amigos se miraron con asombro, jamás habían sospechado que hubiese alguien dentro del bosque. La extraña niña insistió:

—¡Vengan, vengan! —y se introdujo rápidamente en la espesura.

Allá fueron detrás de ella, expectantes y un poco recelosos, pues temían despertar la ira de la Voz del Bosque, pero cuando se internaron no sucedió nada malo. La niña se había alejado unos metros y volvía a llamarlos.

Reuniendo valor, Koko y Miércoles caminaron hacia ella, que los guiaba a distancia a algún lugar en el corazón del bosque.

Después de una larga caminata, llegaron a un claro, en cuyo interior se enseñoreaba un algarrobo centenario, cargado de hermosas lianas y ramas que llegaban hasta el suelo y ocultaban su tronco. La niña había llegado antes que ellos y los esperaba. Cuando estuvieron a su lado, se presentó al fin:

—Hola, soy la Niña del Pelo Verde.

—Yo soy Koko y él es Miércoles.

—Ya lo sé —luego descorrió unas lianas, invitó a los niños a pasar al interior de la copa y añadió—: Entren, los están esperando.

∾ Capítulo 25 ∾
La comunidad del bosque

El interior de aquel formidable algarrobo era tan grande como una casa. Quedaba un enorme espacio entre el tronco y las lianas por las que habían entrado los niños, y toda el área estaba repleta de animales. Había allí dentro un caballo blanco y una pareja de osos y serpientes y ratoncitos de campo y gatos monteses, hipopótamos, leones y varios ciervos con sus grandes cuernos y una camada de lobos, entre otras muchas criaturas. También las ramas estaban cargadas de pájaros: águilas, gorriones, tucanes, cuervos, cigüeñas... La extraña comitiva la completaban otros dos niños raros.

−Él es Hur −dijo la Niña del Pelo Verde señalando a uno de ellos, cuya piel era de arcilla y andaba jugueteando con algunos insectos. Luego señaló al otro, que era el hermano gemelo de Hur−: Y aquél es Risco. Les damos la bienvenida en nombre de todos los habitantes del bosque.

Risco se adelantó y puso a los pies de los niños varias naranjas y un puñado de moras.

−¡Fueron ustedes! −exclamó Miércoles−. Creíamos que era la Voz del Bosque la que nos traía comida todos los días.

—La Voz del Bosque no existe —repuso Hur—. O mejor dicho, nosotros somos la Voz del Bosque, es un truco que nos inventamos hace tiempo para mantener alejados a los curiosos.

A una señal de Hur, los animales se movieron unos alrededor de otros y se colocaron en formación, como los integrantes de una orquesta.

—Atención, un, dos, tres... —Hur marcó el compás.

—¡Somos la Voz del Bosque! —resonó en el interior del algarrobo el timbre ensordecedor y poderoso que tanto había asustado a Koko y Miércoles en el césped. Escuchado de cerca, aquel estrépito revelaba matices inesperados, se distinguía el crepitar de las ramas contra el tronco, el débil crujido de la marcha de un escarabajo, los arañazos de la garra del león contra la tierra, el silbido de los canarios, el aullido de los lobos... Todo junto formaba las palabras y frases de la Voz del Bosque, que no era sino la suma de los mil ruidos diferentes que hacían los animales y las plantas.

—Pero ¿y aquel viento terrible que me tiró la chistera? —preguntó Miércoles ajustándose el sombrero.

Todos los seres soplaron a la vez y los niños se

cayeron de espaldas, empujados por la súbita ventolera.

–¡Ja, ja, ja! –tumbados boca arriba sobre la hierba, Miércoles y Koko rieron como no habían reído en mucho tiempo.

Unos chimpancés los ayudaron a ponerse de nuevo de pie.

–El bosque es nuestro hogar –dijo entonces la Niña del Pelo Verde–, y ha sufrido mucho por culpa de la inconsciencia de la gente. Cuando los vimos llegar, no sabíamos cuáles eran sus intenciones y por eso intentamos que se marcharan. Pero hemos estado observando día tras día cómo se esforzaban por limpiar la basura, y con su trabajo se han ganado un lugar aquí. Nos gustaría que fuésemos amigos.

Koko y Miércoles estaban tan felices que no cabían dentro de sí, abrazaron a los niños raros, a los pájaros, a los animales –a todos menos a una familia de puercoespines, no porque no fuesen simpáticos, sino porque pinchaban mucho– y pasaron el resto del día recorriendo el Bosque Primigenio y jugando con sus nuevos amigos. Miércoles les explicó cómo era la vida en la ciudad y todos se sorprendieron mucho con lo de las plantas de plástico; y Koko relató su historia, comenzando por el trágico día en que perdió su cola.

Era ya el atardecer y los animales volvían a sus nidos, guaridas y madrigueras cuando la Niña del Pelo Verde comentó:

—Éste es el Bosque Primigenio y está lleno de misterios. Siempre ha sido el hogar de la Madre Naturaleza, aunque ahora se halla recluida en una carpa dorada y plateada dentro del País de los Grandes Sueños. Conozco un muro por el que a veces se asoman los sueños y las pesadillas y por el que, en las noches más claras, se vislumbra dicha carpa. Tal vez ese muro sea una de las Puertas de la Luna de las que has hablado.

Y los condujo por un bosquecillo de castaños hasta un muro recubierto de musgo, líquenes y florecitas diminutas, idéntico a aquel otro del que aún guardaba Koko un fragmento.

—¡Sí, es una Puerta de la Luna! —exclamó Koko.

Llegó de pronto el eco de las voces de Hur y Risco que andaban buscando a la Niña del Pelo Verde.

—Uy, me tengo que ir, se me olvidó que es hora de regar el huerto, ¿nos vemos luego? —y se fue corriendo— ¡Ya voy, ya voy!

Koko y Miércoles se quedaron allí un rato, la niebla que cubría el mundo era un poco más delgada sobre el Bosque Primigenio y los niños se sentaron a mirar el espectáculo del atardecer. Tenían la espalda apoyada en el muro y Miércoles dijo:

—Seguro que la Madre Naturaleza sabe dónde está tu cola. Si no fuese por el Ogro Comerrecuerdos podrías ir al País de los Grandes Sueños y preguntárselo.

—Sí, seguro que ella lo sabe —añadió Koko con melancolía.

—Se me ocurre una idea. Si fuésemos los dos juntos, yo podría entretener al ogro mientras tú hablas con ella.

—Pero eso sería muy peligroso.

—No, si nos damos prisa. Tendríamos que hacerlo todo muy rápido, la Niña del Pelo Verde dijo que desde aquí se ve la carpa de la Madre Naturaleza, así que no debe andar lejos. Además, quizás el Ogro Comerrecuerdos ya se ha cansado de rondar y se ha ido.

Koko dudaba del plan de Miércoles. Quería creer que funcionaría, pero no terminaba de convencerla.

—Hemos vencido muchos peligros, Koko. Somos un buen equipo, nadie puede con nosotros. Di que sí, anda, di que sí.

El optimismo de Miércoles acabó por convencer a la niña. Mientras hubiese una mínima oportunidad había que intentarlo.

—¡Está bien, lo haremos!

Y le explicó a su amigo el procedimiento para ingresar en el País de los Grandes Sueños. Tan pronto como se hubo marchado el último rayo de sol, los niños exclamaron al unísono:

—¡Ábrete sueño, tú eres mi dueño!

～ Capítulo 26 ～
Pase exprés al País
de los Grandes Sueños

Miércoles abrió primero un ojo y luego el otro. Todo seguía igual a su alrededor, el bosque, el muro, nada había cambiado. Excepto una cosa: Koko no estaba con él. En su lugar había un jaguar negro como la noche y con cuernos rojos como el coral, que miraba al niño con curiosidad.

–¡Dónde está Koko! –gritó Miércoles, poniéndose de pie.

–¿Te refieres a tu amiga? –contestó el jaguar–. Ya habrá llegado al País de los Grandes Sueños.

–¿Al País de los Grandes Sueños? Pero entonces, ¿dónde estoy yo?

–Te quedaste a medio camino, en el País de Duermevela. Eres primerizo, ¿verdad que sí?

–Sí, es la primera vez que sueño.

–¡Ay! –dijo el jaguar–. ¡Cómo se le ocurre a nadie entrar en el País de los Grandes Sueños sin haber tenido siquiera un sueño pequeño! ¡Estos novatos!

–Pero es que mi amiga corre peligro. ¡La persigue un Ogro Comerrecuerdos y necesita mi ayuda!

–Calma, calma, tranquilo... Conozco un camino

para llegar desde aquí al País de los Grandes Sueños, pero es algo tortuoso.

—¡Llévame hasta allí, no tengo tiempo que perder, Koko está en peligro!

—Bueno, pero luego no digas que no te avisé. Sígueme.

El animal lo condujo por el bosque hasta una hondonada donde el follaje era muy espeso. Miércoles apartó las enredaderas e ingresó en un lugar inverosímil. Allí los árboles tenían raíces en lugar de copas, y lo que se enterraba en el suelo eran sus propias ramas y hojas. El jaguar excavó la tierra con una de sus patas y desenterró una rama de hojas frescas. Después se acercó a Miércoles y le tocó la mano con sus garras.

—¿Quieres decir que debo escarbar yo también? —preguntó el niño.

El jaguar asintió.

Miércoles se puso a quitar tierra con sus manos y creó un agujero que dejó al descubierto más ramas y hojas verdes. Del agujero salía aire cálido y un resplandor. El niño siguió quitando tierra y los rayos de luz brotaron con fuerza y bañaron su cuerpo.

Miércoles pestañeó, levantó la cabeza y vio que el jaguar ya no estaba. Volvió a mirar hacia el agujero y zarandeó una rama que se asomaba, la más

gruesa. Cuando comprobó que era lo bastante fuerte como para soportar su peso, metió un pie en el
agujero y después el otro, y bajó internándose en la
hojarasca enterrada.

–¡Ahí debajo es de día! –musitó Miércoles–.
¡Tengo que bajar! Pero ¿cómo?

Y al decir "cómo", Miércoles se escurrió, cayó por
las ramas al interior de la tierra y siguió cayendo
hasta aterrizar en el mullido suelo de arena de un
desierto. Ahora sí, estaba en el auténtico País de los
Grandes Sueños.

El desierto era una sucesión infinita de suaves
dunas de arena dorada. Alzó la vista y descubrió
que el cielo no era azul, sino verde, pues estaba for-
mado por las ramas de esos extraños árboles por
los que había estado cayendo. Al bajar la mirada,
le sorprendió una caseta metálica, que, a la manera
de los sueños, surgió de repente. Sobre ella había
un cartel en el que se leía: "Taquilla y tienda de recuerdos". Y un anuncio luminoso verde que rezaba:
"Entre sin llamar".

El niño miró alrededor, no había otro lugar a
donde ir, así que abrió la puerta y entró en la caseta.

En la minúscula habitación encontró a una anciana somnolienta sentada detrás de una caja re-
gistradora y se acercó a ella. Era la mujer más es-

quelética que había visto jamás. Tenía los cabellos blancos, escasos y eléctricos, y al escuchar al niño se despertó de su letargo y abrió unos ojos diminutos y redondos, de un azul inmensamente pálido.

—Hola —dijo la anciana con voz chillona—. ¿Vas o vienes? ¿Quieres un boleto o un bonito recuerdo?

Miércoles observó el interior de la caseta. Los supuestos recuerdos que anunciaba el cartel de la entrada no eran precisamente bonitos. Había ramas secas en una pequeña estantería lacada, chicles sin envoltorio, un tenedor sucio, clavos herrumbrosos, un sapo moteado, una mariposa muerta dentro de un bote... y un boleto nuevecito y reluciente: "Pase para el País de los Grandes Sueños". Miércoles señaló tímidamente el boleto.

—Ya veo que buscas una entrada. Sólo me queda el pase exprés de treinta minutos. ¿Te viene bien?

El niño asintió, luego la mujer tomó el boleto y lo puso sobre una cinta transportadora. El sapo de la estantería dio un saltito y la mujer miró largamente a Miércoles antes de hablar con su voz chillona.

—Buena elección —después pasó el boleto por un lector de códigos de barras y, mostrando sus dientes amarillentos, exigió—: ¡Paga!

Miércoles se empezó a poner nervioso. Estaba acostumbrado a comprar en Ciudad del Boom y sabía que cada cosa tiene su precio. Pero ¿cómo iba a pagar si no llevaba encima más que ropa? La dependienta parecía impaciente, así que Miércoles se quitó la levita del frac y la puso sobre la cinta transportadora. La señora aceptó el trueque de mala gana.

—Con eso has pagado diez minutos, son treinta —añadió con un tono muy desagradable—. ¡Paga!

Mientras sucedía todo aquello, tenía lugar una increíble transformación, la cajera envejecía y adelgazaba a cada minuto. Miércoles empezó a sentir miedo. No se le ocurría con qué pagar. Temblando, se quitó la corbata de moño. La cajera casi se la arrancó de las manos, y añadió, con una voz cada vez menos delicada y más aguda:

—Ya has pagado veinte minutos, son treinta —y se puso a agitar violentamente sus huesudos brazos como si fueran alas—. ¡Paga, paga, paga!

Miércoles no entendía nada de nada, no sabía que en los sueños no se aplican las reglas de la realidad. El muchacho obedeció y dejó su sombrero de copa sobre el mostrador. La mujer de la taquilla se echó a reír como un gran cuervo, sacó un martillo de debajo del mostrador y golpeó la chistera. Sólo entonces se abrió la puerta de salida. Miércoles tomó el pase y echó a correr. Pudo ver de reojo que a la mujer le habían surgido plumas negras en los brazos y le había crecido un pico y patas de pájaro.

—¡Socorro! ¡Socorro! —gritó el niño al salir por la puerta.

Afortunadamente, la mujer-pájaro no lo siguió y, en cuanto salió al desierto, la taquilla desapareció completamente, como si nunca hubiese existido.

El niño suspiró aliviado, y luego observó con detenimiento el pase exprés. Era una tarjeta de plástico, con unos números impresos y un cordón azul para colgarla en el cuello. Los números cambiaban continuamente, se trataba de un cronómetro que marcaba la cuenta atrás. 29:31 significaba 29 minutos y 31 segundos. Miércoles parpadeó y cuando volvió a mirar marcaba 29:29. Comprendió que ésos eran los minutos y segundos que había comprado, el tiempo que le quedaba en el País de los Grandes Sueños.

No era mucho, así que se colgó el pase y echó a correr. Debía encontrar a Koko cuanto antes.

∼ Capítulo 27 ∼
El arbusto de las cien manos

Miércoles subió a la duna más alta y examinó el desierto. La carpa a franjas doradas y plateadas de la Madre Naturaleza se alzaba aún más cerca de lo que había sospechado. Era tan grande como el pabellón principal de un circo, tenía planta hexagonal y su techo estaba rematado en punta. A su alrededor había algunos cactus de los sueños y arbustos de las cien manos, que son una pesadilla muy típica del desierto. En principio se trata de plantas inofensivas, no muerden ni son venenosas, pero su aburrimiento continuo las convierte en un auténtico peligro. Tienen brazos en lugar de ramas y les gusta pasarse cosas de una mano a otra. Pueden estar haciendo malabares durante años, sin tener en cuenta las necesidades de aquello con lo que juegan; y si juegan con una persona les da lo mismo que ésta necesite beber y comer para sobrevivir.

Miércoles corrió hasta la entrada de la carpa esperando reunirse con Koko en su interior, y se disponía a entrar cuando escuchó que alguien lo llamaba. Miró entre los cactus y descubrió a su amiga.

Estaba presa de un arbusto de las cien manos, y el arbusto había capturado también al Ogro Comerrecuerdos. Miércoles lo reconoció en cuanto puso los ojos en él. Tenía muy presente la imagen que había visto en la pantalla del Materializador en el Instituto Oceanomágico.

—¡Miércoles, Miércoles, estoy aquí!

La planta se pasaba a Koko de una mano a otra, y lo mismo hacía con el ogro. Monstruo y niña volaban por los aires sin cesar.

—¡Espera, Koko, ya voy!

—¡Hola, Miércoles! —exclamó con una sonrisa—. ¡Mira qué divertido!

Y es que a Koko le gustaba ver siempre el lado positivo de las cosas y se la estaba pasando en grande dando tumbos por los aires. Además, estaba muy contenta porque tenía de nuevo su rabo.

—¡Koko, tu cola!

—Sí, siempre la tengo en el País de los Grandes Sueños. ¿Te gusta?

—Es muy bonita, ¡pero bájate de ahí, que tenemos prisa!

—No puedo, no sé cómo parar esto.

El ogro interrumpió la charla.

—¡En cuanto baje de aquí me comeré todos sus recuerdos! —boca abajo y zarandeado de mano en mano, el monstruo no parecía tan fiero.

—¡Voy a probar una cosa, Koko, no pierdas de vista el suelo!

Con cuidado de que no le agarrase el arbusto, Miércoles se arrastró hacia el tronco de la planta y se puso a hacerle cosquillas. Rascó y rascó hasta que las manos no pudieron aguantar más la risa y se abrieron todas a la vez. Koko y el ogro cayeron en la arena. La niña se ayudó de su cola para caer de pie, pero el monstruo se dio un buen golpe en la cabeza que lo dejó mareado unos segundos.

—¡Corre, Koko, corre! —gritó Miércoles.

Los niños salieron disparados hacia la carpa mientras el ogro se retorcía en el suelo y se frotaba un chichón. Pronto llegaron a la lona y advirtieron que no tenía puertas, estaba compuesta de una extraña materia, similar a un cristal opaco. Koko alargó su mano para tocar la lona y sus dedos se introdujeron en el interior de la carpa.

—¡Es agua! ¡Y no está fría, ni moja!

La niña saltó dentro, pero cuando Miércoles intentó seguirla chocó con el cristal.

—¡Koko, no puedo pasar!

La cabeza de su amiga volvió a asomar al desierto por la mágica lona.

—¿Qué ocurre, Miércoles, por qué no vienes?

—No me deja entrar —el niño presionaba fuertemente la carpa con sus dos manos; lo que para

Koko era una pared líquida, tenía la firme solidez de una roca para él.

Vio entonces que el boleto que llevaba al cuello emitía un débil pitido y que los números del cronómetro se habían puesto de color rojo. Le dio la vuelta y leyó la letra pequeña: "Pase exprés al País de los Grandes Sueños. Válido por media hora. Visita a la Madre Naturaleza y visita a la Luna no incluidos".

—¡Vaya, Koko, no puedo entrar! Pero no importa, entra tú, yo te espero aquí.

Koko señaló al ogro que estaba empezando a recuperarse del golpe y dijo:

—Será mejor que te despiertes y me esperes en el bosque. Yo estaré segura junto a la Madre Naturaleza, pero no quiero que el Ogro te haga daño.

—Está bien, te esperaré en el bosque, no tardes.

Koko desapareció en el interior de la carpa y Miércoles se preparó para decir la contraseña de regreso al mundo real. ¿La contraseña? Sabía la contraseña de entrada, pero ¿cuál era la contraseña de salida? Con las prisas, a la niña se le había olvidado explicarle ese pequeño detalle.

Justo entonces, el ogro se puso en pie y corrió hacia Miércoles con sus fauces abiertas:

—¡Rajarrái!

∼ Capítulo 28 ∼
Una carpa de oro y plata

Confeccionada con el mismísimo cabello platea-do y dorado de la Madre Naturaleza, la carpa resplandecía en su interior como resplandece el agua de una cascada atravesada por los rayos del sol. El refugio era cien veces más grande por dentro que por fuera y contenía un fabuloso jardín donde se guarecían las creaciones más hermosas y caprichosas de la Naturaleza, tan hijas de la realidad como de los sueños.

Koko se adentró en aquel húmedo y denso invernadero de plantas con formas imposibles, nunca antes vistas, de hojas de tamaño desmesurado, flores espectaculares y frutos de fantasía, un tributo a la imaginación desbocada y el poderío del reino vegetal. Había nenúfares voladores, helechos transparentes, rosas tan grandes como ballenas y otros muchos delirios vegetales que le arrebataron el aliento a la niña. Pero no pudo disfrutar completamente del espectáculo, la increíble exuberancia de aquel jardín contrastaba con la escasez general del mundo, ni siquiera el Bosque Primigenio podía comparársele en vida y belleza. Y a la niña se le encogió un poquito el pecho.

En los últimos tiempos se habían ido congregando dentro de la carpa millones y millones de habitantes del País de los Grandes Sueños. En su camino, la niña pasó junto al clan de los hombres y mujeres polilla, con sus fornidos torsos y sus plumosas antenas de color rubí, y vio a los grifos, con cuerpo de león y cabeza de águila, y se cruzó con el enjambre de diminutas niñas libélula de cabellos de fuego que había conocido la primera vez que entró en el País de los Grandes Sueños, y también con los llamados Simbióticos que eran agrupaciones espontáneas de animal y planta. Cuanto más se adentraba en el jardín, más y más seres había. Llegó finalmente a un floreado rincón repleto de estas y otras criaturas, donde el barullo era ensordecedor. Estaban todos alrededor de una urna de cristal con la tapa abierta en cuyo interior permanecía dormida la Madre Naturaleza, y se mantenían a una distancia prudente de ella.

La niña se abrió paso a duras penas entre la multitud. Y ya estaba casi llegando a la urna cuando la detuvo un gnomo rechoncho con el uniforme oficial de su especie, chapas rosas y sombrero colorado. Llevaba un bolígrafo y un libro de actas en la mano.

184

—¿Nombre? —preguntó el gnomo.

—Koko Rabo —contestó la niña.

—Koko Rabo... Koko Rabo... —el gnomo buscó su nombre en el libro de actas—. No, aquí no estás, ¿no sabes que esto va por orden? A ver, eres la 12,697,712, ¿qué le quieres pedir a la Madre Naturaleza cuando despierte?

—¿Falta mucho para que despierte? —preguntó Koko.

—¡Mira esta niña, llega al último y se quiere colocar en primer lugar! —dijo una sirena que remojaba su cola en una bañera de latón—. Yo llevo aquí meses esperando para reclamar el peine de concha que se me perdió en el arrecife y no me he quejado ni una vez.

—Oye, oye, no te cueles —añadió un pavo real que esperaba que la Madre Naturaleza le devolviera los colores que se le habían caído del plumaje.

Y había también un oso con cara de persona que quería convertirse en avestruz y un niño con un traje de hojas que quería recuperar a su hada y un extraterrestre muy alto y muy guapo que había perdido su pistola de rayos, y un hombre lobo que no sabía muy bien lo que quería y etcétera, etcétera. Todos estaban allí para pedirle algo a la Madre Naturaleza. Koko se sentía muy confundida con tanta gente gritando y dando codazos a su alrededor.

–Nadie sabe cuándo despertará, aunque ya va siendo hora porque estamos aquí muchos y no deja de venir gente –exclamó una voz entre la multitud y el resto profirió un sonoro murmullo de aprobación.

–¡Vamos, vamos, que no tengo todo el día! –añadió el gnomo–. Dime cuál es tu petición para que la anote.

Un poco angustiada, Koko desvió la mirada y la posó un instante en la mujer que descansaba dentro de la urna. Era una hermosa señora de piel de obsidiana, negra y brillante. Su ondulada cabellera tenía mechones dorados como el oro y plateados como la plata, y éstos salían de la urna y se desparramaban por entre los helechos y nenúfares y discurrían en forma de arroyos hasta llegar a la linde del jardín, donde se elevaban y formaban el tejido de la carpa. Tenía los ojos cerrados, enmarcados por unas largas pestañas de oro rizado que destacaban sobre la oscura piel. Y su rostro no denotaba la quietud del que duerme, sino una profunda congoja, un hondo desconsuelo. Su cuerpo desnudo estaba cubierto por racimos de uvas, flores de la pasión, y sobre él revoloteaban mariposas de todos los tonos del arcoíris y luciérnagas con su blanca luz.

Koko pensó en su colita y de repente le pareció una cosa insignificante frente a la pobreza y desamparo de la tierra y la enfermedad de la Madre Naturaleza.

—¡No quiero pedir nada! —gritó en un arrebato.

Al sonido de aquella frase el alboroto cesó de golpe. Todos guardaron silencio y miraron a la niña estupefactos. Unos segundos más tarde, el gnomo abrió la boca y preguntó con voz temblorosa:

—Perdón, ¿qué has dicho?

—Digo que no quiero nada. ¡Nada! ¡Nada! Acabo de recordar que Jörgand dijo que los sueños pequeños sólo sirven a una persona, pero los grandes sueños son buenos para todo el mundo. ¿Y éste es el País de los Grandes Sueños? Debería llamarse el País de los Sueños Insignificantes o de los Grandes Egoístas.

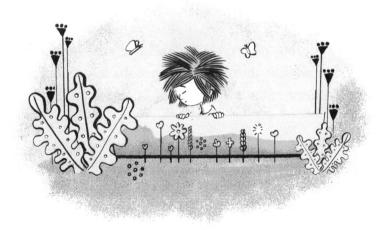

—Pero, pero...

—¿No se dan cuenta de que la Madre Naturaleza está enferma porque nadie se preocupa por ella? Se está muriendo y no les importa —Koko empezó a dar patadas de rabia en el suelo.

—¡Y qué podemos hacer nosotros! —gritó alguien a lo lejos.

Koko apretó los puños y buscó la respuesta en su corazón, pero no la tenía porque era sólo una niña pequeña.

Entonces sucedió algo insospechado: la Madre Naturaleza habló.

∼ Capítulo 29 ∼
Miércoles y el Ogro Comerrecuerdos

—¡Rajarrái! —gritó el Ogro Comerrecuerdos que corría hacia Miércoles con las fauces abiertas.

Pero Miércoles no se amedrentó, había arrojado su miedo por el abismo en Ciudad del Boom y no estaba dispuesto a salir corriendo a las primeras de cambio. Agarró un palo que había en el suelo, se quedó plantado y le dedicó al monstruo su mirada más fiera. Lo miró de tal modo que el otro se detuvo a unos metros de distancia.

—¡No me das miedo! —dijo Miércoles, retando al ogro—. Ya tenía yo ganas de ajustar cuentas contigo.

—Pues échate a temblar, me he merendado a niños más listos que tú.

—Ah, ¿sí? —contestó Miércoles.

—¡Sí! —respondió el ogro.

Y los dos se fueron acercando hasta quedar frente a frente. Miércoles alzó el palo y el ogro se echó en plancha encima del niño y ambos rodaron por el suelo. Peleaban y forcejeaban, y Miércoles cayó de pronto en cuenta:

—¡Ay de mí! —pensó—. ¡Qué tonto he sido, he dejado que el ogro me toque! ¡Perderé mis recuerdos!

Sin embargo, lo recordaba todo y un segundo después... todavía lo recordaba todo y dos segundos después también. ¿Por qué el Comerrecuerdos no se estaba comiendo sus recuerdos? En medio de la refriega pudo ver de cerca el pelaje marrón del monstruo. Allí, entre el pelo, relumbraba algo metálico... ¡Una cremallera! Miércoles se zafó del agarre de su contrincante y al incorporarse vio en el suelo el fragmento de la Puerta de la Luna, seguramente se le habría caído a Koko cuando era zarandeada por el arbusto de las cien manos. Agarró la piedra y se la tiró al ogro con todas sus fuerzas. Le propinó un tremendo golpe en la cabeza y el monstruo se puso a llorar como un niño.

—¡Ay, ay! —se quejaba—. ¡Qué dolor!

El ogro se sentó y de su horrible rostro cayeron grandes lágrimas que rodaron por su piel peluda y mojaron la arena del desierto. Uno de aquellos lagrimones cayó sobre la piedra de la Puerta de la Luna y, mágicamente, brotó de ella un potente rayo verde que atravesó el País de los Grandes Sueños.

Y al momento, un siseo invadió el aire. Ogro y niño alzaron la vista y vieron llegar un vehículo volador. Recortado contra la esfera blanca y luminosa de la luna de los sueños, aquel negro contorno parecía la silueta de un dragón, pero en cuanto se acercó quedó claro que se trataba de una bicicleta para dos personas, con el piloto sentado en el puesto delantero y el asiento trasero vacío. La larga bicicleta aterrizó junto a Miércoles, el piloto vestía monóculo, chaqueta sahariana y un sombrero salacot.

—¡Qué raro! —dijo el hombre—. El rayo de luz me avisó que estaba aquí mi hijo, pero no lo veo por ninguna parte. Vamos, chico, súbete a la bici. Me llamo Jörgund y soy un Atrapasueños, ese Ogro Comerrecuerdos es una pesadilla muy peligrosa.

—¡Jörgund! ¡Koko me ha hablado mucho de ti...!

—¿Conoces a Koko? Pero sube, sube, antes de que nos ataque el ogro.

—¡No es un ogro, es un farsante! —exclamó Miércoles—. Me tocó y no he perdido ni un solo recuerdo. Además, yo creo que es un disfraz, le asoma una cremallera en la espalda.

—¿Un disfraz?

El Atrapasueños se bajó de la bicicleta y avanzó cauteloso hacia el ogro. Con un rápido movimiento, se colocó detrás de él y tiró de la cremallera. La piel cayó al suelo dejando al descubierto a un niño de siete u ocho años en el interior de una estructura de madera. El niño sujetaba en sus manos los hilos con los que había manejado desde dentro el disfraz de ogro. Iba vestido con pantalones bombachos de color crema y una camiseta azul marino con un rayo amarillo en el frente. Tenía el pelo corto y rubio, la frente despejada y los ojos azules. Apretaba los dientes como una fierecilla:

—¡Rajarrái! —sin el eco del disfraz su voz no tenía nada de espeluznante, era la simple vocecita aguda de un niño.

—¡Jörgind, hijo mío, eres tú! ¡Cómo es posible! ¿No me reconoces?

—Grrrr —gruñó el pequeño saliendo de la estructura y alejándose unos pasos.

Entonces Jörgund recogió el disfraz de ogro del suelo y lo observó atentamente.

—Sí, no cabe duda de que la piel es auténtica. Es la del Ogro Comerrecuerdos que nos atacó cuando perdí a Jörgind, pues le falta la púa que yo le arranqué. Nunca había visto una tan cerca. Si mis informes son ciertos, estos ogros guardan en sus bolsillos los recuerdos de sus víctimas para ir digiriéndolos poco a poco.

El hombre rebuscó en la horrenda piel del monstruo y encontró tres pequeñas esferas de cobre en uno de sus bolsillos. Luego sacó de su morral un martillo de geólogo y fue partiéndolas una a una.

—Están vacías —dijo Jörgund.

—¿Y eso qué significa? —preguntó Miércoles.

—No sé, mis investigaciones no llegan tan lejos. Esperaba que sucediera algo.

Y sí, algo sucedió. En el otro extremo del País de los Grandes Sueños, un bicho rosa recordó que sabía volar y se llevó la alegría de su vida, y en el mundo de la realidad, un matrimonio desdichado recordó de repente que se quería y vivieron felices desde entonces. Las esferas de cobre guardaban los recuerdos de las últimas víctimas del ogro, y habían salido volando en busca de sus dueños en cuanto Jörgund las partió. Si parecía que no había pasado nada es porque, como todo el mundo sabe, los recuerdos son invisibles. Pero las esferas eran tres, y en el desierto junto a la carpa de la Madre Naturaleza, un niño pequeño bostezó como si despertara de un largo sueño y exclamó:

—¿Papá?

—¿Jörgind?

—¡Papá!

—¡Hijo!

El Atrapasueños abrazó a su hijo con tanta fuerza que no se sabía dónde empezaba uno y dónde acababa el otro y estuvieron mucho rato abrazados riendo y llorando de alegría. Al propio Miércoles se le escapó una lagrimita. Cuando se recuperaron de la emoción, el niño les contó sus peripecias:

—El día que nos separamos, el ogro me agarró del

tobillo cuando trataba de regresar a la realidad y me quedé atrapado en el sueño. Se puso a olisquearme para robarme los recuerdos, pero los ogros son huecos y como le habías arrancado una púa se fue desinflando poco a poco hasta que sólo quedó su pellejo tirado en el suelo, y se murió. Para entonces, yo había perdido casi todos mis recuerdos y al mirar aquella piel supuse que yo mismo era el Ogro Comerrecuerdos. Como me quedaba muy grande, me fabriqué una estructura y le puse una cremallera y lo usé como un traje. Desde entonces yo he sido el ogro, he pasado todo este tiempo gruñendo y asustando a la gente, pero nunca le quité un solo recuerdo a nadie, porque no sé cómo se hace. Eso sí, les quitaba la comida y así he sobrevivido. Descubrí las bolitas de cobre en el bolsillo; como no sabía qué eran las usaba para jugar a las canicas.

—Ya dijo Gloria que lo que le pasó a Koko en el Instituto Oceanomágico fue sólo un efecto secundario de la desconexión de la máquina... —Miércoles les contó la aventura en el barco—. Pero dime, Jörgind, ¿por qué atacaste a Koko?

—Supongo que aún me quedaba algún recuerdo confuso de mi padre, por eso rondaba a menudo cerca de él. Es posible que, al verlo con otra niña, me dieran celos y quisiera hacerle daño.

—¿Dónde está Koko ahora? —preguntó Jörgund,

a quien no se le borraba la felicidad del rostro–. Tengo muchas ganas de volver a verla.

–¡Y yo de conocerla! –añadió Jörgind–. Tengo que explicarle lo que ha pasado, si la asusté fue sin querer, me gustaría mucho que fuésemos amigos.

–Está en la carpa de...

Pero Miércoles no pudo terminar la frase. Su pase exprés al País de los Grandes Sueños había caducado, el cronómetro marcaba el final de la cuenta atrás: 5, 4, 3, 2, 1...

De pronto, el niño abrió los ojos. Estaba de vuelta en el Bosque Primigenio. A su lado, Koko dormía plácidamente, e incluso roncaba un poquito. Miércoles se sentía pletórico, soñar era mucho más excitante que todo lo que había vivido hasta ahora. Se desperezó y miró el cielo. Al fondo, en el horizonte, la negrura de la noche se teñía de tintes grises y azules.

–¡Oh, oh, pronto amanecerá! Y Koko no ha regresado...

∼ Capítulo 30 ∼
Lo que dijo la Madre Naturaleza
y lo que Koko respondió

La Madre Naturaleza no movía los labios al hablar, pero sus palabras resonaban dulcemente dentro de la carpa:

—Acércate, niña.

El sonido fue tan inesperado que todos los allí reunidos, menos Koko, retrocedieron unos pasos. El gnomo escondió el libro detrás de su espalda y le temblaban tanto las manos que las letras y los números que había escrito se cayeron al suelo y escaparon corriendo.

Koko miró a su alrededor y vio que todos la observaban expectantes, señalándole el camino hasta la urna. Y la niña comprendió que aquella voz tersa y cálida le había hablado a ella. Caminó hasta el cristal, posó en él las dos manos, se asomó y le dijo a la Madre de todos:

—Hola, soy Koko.

—Hola, Koko —las palabras envolvían a la niña, pero la mujer seguía tumbada sin mover los labios y sin abrir los ojos—. Te recuerdo bien, eres hija de estos tiempos confusos, una mezcla de sueño y

Naturaleza. Hay otros niños como tú... Bueno, no exactamente como tú, son todos muy peculiares. Tú por ejemplo, tienes cola, los hay que tienen la piel de madera o que están hechos de fruta –Koko se acordó de los gemelos y la Niña del Pelo Verde que había conocido en el bosque–. Los puse en los lugares más recónditos y si estás aquí es porque la desolación ha llegado hasta tu hogar. Eso significa que no queda verdor en la Tierra más allá del menguante Bosque Primigenio. Y, cuando éste desaparezca, yo me habré ido para siempre. Tú naciste de un coco. Creciste allí dentro y no querías salir al mundo, porque estabas muy a gusto. El coco maduraba en una palmera, y tú te bebías su leche y te alimentabas de su jugosa carne. Sólo cuando tomaste el último sorbito de leche y te comiste el último trocito de carne, te decidiste a salir. Tenías el tamaño de una flor y eras muy frágil. No habrías podido sobrevivir tú sola en la cumbre, pero no estabas sola, tuviste un padre adoptivo. Fue él quien te enseñó a hablar, a leer, a pescar, a cultivar el huerto... ¿te acuerdas?

Aunque hacía mucho, mucho tiempo que Koko no pensaba en ello, volvieron a su cabeza imágenes olvidadas de los primeros días de su infancia, juegos y tardes de lectura junto al arroyo. Y le vino de golpe el recuerdo de otra persona, que llevaba todo este tiempo enterrado en el fondo de su mente. E incluso creyó recordar su viejo rostro olvidado y entendió que Jörgund le había resultado familiar porque los dos hombres tenían la misma expresión amable, la misma luz en los ojos.

—Sí, eras muy pequeña, ha pasado tanto tiempo desde que él murió, y te quedaste tan triste que lo has borrado suavemente de tu memoria. Fue un hombre muy especial, y te quería mucho. Sus padres le pusieron de nombre Distinto, porque habían deseado un hijo durante mucho tiempo, y cuando nació les pareció muy diferente de lo que esperaban. Y durante toda su vida, haciendo honor a su nombre, Distinto fue distinto. En lugar de abogado, como su padre, quiso ser jardinero, pero no quedaba vegetación en las ciudades, así que se hizo barrendero. Lo que más le gustaba era limpiar los setos artificiales y sacar lustre a las hojas y las flores de plástico que decoraban los paseos de su barrio, y cada día, antes de que se apagasen las luces de la ciudad, se sentaba en un banco e imaginaba cómo sería un verdadero atardecer. Se casó y llevó una vida común, aunque nunca dejó de ser Distinto. Ya de mayor, cuando enviudó, se decidió a conocer aquel mundo natural que una vez había pintado de verde la tierra. Se había cansado de la suciedad y el ruido, y estaba convencido de que en algún rincón remoto seguiría habiendo árboles y plantas y arroyos sin contaminación. Nadie lo tomó muy en serio, pero un día se marchó sin dar aviso. Distinto viajó por el páramo y exploró las montañas hasta que, tal como había soñado toda su vida, halló un extraño saliente alfombrado de hierba, con árboles frutales y hasta una palmera con un solo coco. Y se hizo allí una cabaña y un pequeño huerto. Todas las tardes se sentaba bajo la palmera y leía un libro que le habían regalado de niño, y que seguía siendo su favorito aunque ya era un anciano, un libro de extraños viajes, seres de fantasía y héroes mitológicos. Y ¿sabes qué pasó? Una de esas tardes el coco se cayó de la palmera y se partió junto a Distinto y de ahí saliste tú dando brincos. El hombre te recogió en la palma de su mano y exclamaste: "¡Koko!".

Koko cerró los ojos, apretó los párpados, pero no pudo evitar que las lágrimas corrieran por su rostro, y cuando los abrió estaba sentada en otro paisaje. Ante ella se extendía una pequeña laguna, rodeada de un extenso campo de margaritas y amapolas, y a su lado estaba sentada la Madre Naturaleza. La mujer llevaba un vaporoso vestido blanco que hacía aún más hermoso y brillante el negro de su piel. Estaban solas las dos y se escuchaba el delicioso rumor de la brisa sobre la hierba húmeda.

Sin darse cuenta, Koko se había dormido dentro

de la carpa, al arrullo de la cálida voz, y había ingresado en el sueño que soñaba en su urna la propia Madre Naturaleza. Aquí la mujer ya no mostraba un aspecto pétreo ni tenía sellados los labios y los ojos.

—Ya está, pequeña, no llores —dijo la mujer acariciándole la cabeza—. Ojalá hubiera en el mundo más personas como Distinto, que no sólo no dañaran la tierra, sino que se preocuparan de cuidarla y alimentarla. Si el hombre comprende que los árboles, la hierba, la piedra, el aire son sus hermanos, nunca se siente solo. Los ríos, las montañas, los valles son su refugio, el sol y la luna sus lámparas. Y cuando cierra sus ojos es la tierra la que sueña. La Naturaleza es su familia y su hogar, aunque parece no darse cuenta de ello. Con su negligencia y hostilidad, el ser humano me ha hecho mucho daño, pero se ha hecho más daño a sí mismo.

Y en ese momento, comenzaron a verse sobre la laguna imágenes de las injusticias que habían permitido los hombres. Se vieron millares de animales que eran criados como alimento encerrados en granjas diminutas donde morían asfixiados, y bosques enteros que ardían o eran talados sin descanso, plantaciones agrícolas bañadas en productos químicos, fábricas que vertían sus desechos a los ríos o al mar...

—Siempre tuve esperanza en las personas, pero comprendí que era demasiado tarde cuando supe que habían dejado de soñar. Sin sueños no se puede cambiar el mundo. Todo está perdido y yo estoy demasiado enferma, vieja y cansada para luchar. Aunque ya está bien de hablar de mí, has hecho un largo viaje, Koko, y me gustaría compensarte. ¿Qué puedo hacer por ti? No, no me lo digas, yo sé lo que te preocupa. Tienes miedo de despertar y que tu cola ya no esté...

—¡No! —gritó la niña—. No me importa mi cola. Si de verdad quieres hacer algo por mí, ponte bien y sal ahí fuera, hay mucha gente que te está esperando y que te necesita. Y no es verdad que no haya sueños ni personas que se preocupen por ti, Miércoles y yo hemos limpiado la basura del césped y el Bosque Primigenio está habitado por multitud de criaturas que cuidan el bosque y ruegan a diario por tu regreso. Y Jörgund está dibujando mapas de las Puertas de la Luna para que los hombres puedan volver al País de los Grandes Sueños. Yo antes tenía un sueño pequeño, todo lo que deseaba era encontrar mi cola y colgarme con ella en los árboles y subir hasta la copa y jugar con mis amigos los pajaritos, pero si no quedan árboles, ni pájaros...

La niña se había puesto de pie, hablaba con vehemencia y daba saltos de vez en cuando para subrayar una frase, y a la Madre Naturaleza le sorprendió que Koko tuviera un carácter tan apasionado.

—Ahora tengo un sueño más grande —continuó la pequeña—. Sueño que en mi casita hay otra vez árboles y peces y han vuelto los pájaros, y que el yermo está limpio y que desde él se ve el cielo y las estrellas. En mi sueño, nadie quiere saber nada de saborizantes artificiales y menos Grandia, que sólo usa frutas de su huerto para hacer dulces, y su restaurante es visitado por los niños de las aldeas cercanas. No come niños, los invita a comer pasteles y les regala paletas de caramelo sabor sandía y cereza. Jörgund ha enseñado a todo el mundo el camino al País de los Grandes Sueños, y el bosque de Ciudad del Boom ya no es de plástico, es de verdad y los árboles rompen los muros y llevan el verdor a todas partes. Y el Instituto Oceanomágico ha llenado de criaturas el mar, y los peces y las algas dan tanta comida al hombre que ya no hacen falta compuestos químicos para criar a los animales. Y las criaturas del Bosque Primigenio han repoblado el mundo, que vuelve a estar verde hasta donde alcanza la vista, como dijo Mustarí Karé. ¡Y hasta el doctor Malacara tiene buena cara y se ha afeitado y tiene una plantita en su oficina que riega cantando cada mañana!

La Madre Naturaleza esbozó una sonrisa ante la

hermosa sencillez de aquella visión. Y suspiró pensando en lo amable y bueno que se veía el mundo a ojos de una niña. Sintió de nuevo las cosquillas que le hacían los rastrillos en la siembra, sintió que bandadas de pájaros le acariciaban la frente con sus alas, que los peces se acercaban a comer de su mano, sintió plantas y agua limpia bajo sus pies. Y dijo:

—No recordaba lo que se siente al ser soñada. Y el sueño de un niño pequeño puede ser tan grande como el sueño más grande de un adulto. Me has devuelto las ganas de vivir. Gracias, Koko. Ahora sólo hacen falta semillas y soñadores.

La Madre Naturaleza se puso de pie y luego añadió:

—Ah, y con respecto a tu colita... ¿Has visto esos árboles que pierden las hojas en invierno? ¿Los has vuelto a ver en primavera?

Y Koko se despertó dentro del sueño.

∼ Capítulo 31 ∼
Semillas y soñadores

Cuando Koko abrió de nuevo los ojos, estaba acurrucada sobre la barriga de la Madre Naturaleza, aunque no recordaba haberse quedado dormida allí. Koko se bajó despacito de la urna mientras un murmullo crecía a su alrededor. Los seres de la fantasía esperaban impacientes a que hablara.

—¿Qué te ha dicho? —preguntó el gnomo, todavía tembloroso.

Koko estaba un poco aturdida, se frotó los ojos y respondió:

—La Madre Naturaleza ha recuperado las ganas de vivir —en ese momento el murmullo se volvió más alegre—, pero está muy triste y enferma y necesita nuestra ayuda.

Mientras Koko dormía dentro de la urna, todos los presentes habían estado discutiendo los reproches que les había dedicado Koko y llegaron a la conclusión de que la niña podía tener algo de razón. Volvió a escucharse un grito a lo lejos:

—¿Y qué podemos hacer nosotros? —esta vez era

una pregunta sincera, la voz tenía cierto tono de remordimiento.

Koko recordó la conversación que acababa de tener con la Naturaleza y repitió sus últimas palabras:

—Hacen falta semillas y soñadores...

La frase resonó bajo la carpa, los sueños se la susurraban unos a otros.

—Pero nosotros no tenemos semillas —contestó el gnomo.

—Y ya no quedan soñadores —dijo un caimán con zapatos de tap.

El gentío rozaba el desánimo cuando alguien gritó:

—¡Miren, miren la barriga de la Madre Naturaleza!

Todos volvieron los ojos hacia la mujer en la urna de cristal y descubrieron que, de su ombligo, había brotado un pequeño tallo de color verde pálido. Una exclamación de asombro recorrió la carpa.

—¿Está sonriendo?

—Sí, eso parece —dijo Koko, que era la que estaba más cerca—. Pero aún tiene los ojos cerrados...

El pavo real sin colores en la cola añadió:

—Lleva mucho tiempo sin alimentarse, ¿no será que necesita algo de comida?

Un extraño manzano con patas caminó hasta la

urna, dobló una rama y acercó uno de sus frutos a los labios de la Madre Naturaleza, pero ésta no abrió la boca.

–Quizá no come las mismas cosas que nosotros –dijo Koko preocupada–. Es la Madre Naturaleza, a lo mejor se alimenta como una planta.

–¿Y qué comen las plantas? –preguntó un pato con sombrero, chaqueta y corbata, que estaba malhumorado porque había dejado de fumar recientemente.

–Las plantas comemos los nutrientes que sacamos del suelo y bebemos el agua que cae del cielo –dijo un helecho transparente.

–Pues yo, una vez que estaba muy malita –añadió una niña que estaba hecha de varas de trigo–, me metí en lo más hondo de la tierra y me tapé con abono, me quedé allí quieta muchas horas y al tiempo me salieron brotes nuevos y me curé.

–¡Buena idea! –se escuchó entre el barullo.

Fue un niño de madera el que dio el primer paso, se acercó a la urna y, frotando sus manos, rellenó el fondo con aserrín. A continuación, el pato le arrancó dos frutas al manzano andante y las colocó encima. Otros seres que también tenían fruta la depositaron en la urna, y un viejo marinero, que estaba hecho de agua de mar, contribuyó con algunas algas que le colgaban del cuello. Y como las cacas de los animales son un excelente fertilizante, Koko recogió excrementos de unicornio, los añadió y luego se lavó bien las manos. La sirena abrió su ducha y regó la urna y el niño de madera volvió a taparlo todo con aserrín. Finalmente, los seres diminutos e insectos que había en la carpa ayudaron a remover la mezcla.

Entre todos habían fabricado abono. Normalmente tarda unas seis semanas en estar listo para fertilizar la tierra, pero se trataba de la Madre Naturaleza y con ella todo iba muy deprisa. La tierra de la urna empezó a calentarse y a oscurecerse y la mujer semienterrada se desperezó gustosamente.

Cuando vieron que la Naturaleza se movía, todos aguantaron la respiración. Un gran silencio invadió la carpa. Sólo se escuchaba el crecimiento del tallito verde de su ombligo. De pronto, la Madre Naturaleza abrió sus ojos, grandes y hermosos. Uno era del color de la tierra húmeda y el otro del azul de un día despejado. Entre las criaturas hubo hurras, vivas y gritos de alegría.

El tallo ganó altura y grosor vertiginosamente y pronto se alzó por encima de las cabezas de los seres más altos. Le brotaron ramas y más ramas, que se llenaron de hojas al instante, y de semillas, mientras el tallo no dejaba de crecer. Cuando las ramas de aquel árbol inaudito tocaron la brillante lona de la carpa, ésta se deshizo en una fresca lluvia que bañó el País de los Grandes Sueños en un millar de kilómetros a la redonda, y lo que antes era desierto se transformó en un prado repleto de semillas. "Semillas y soñadores", había dicho la Madre Naturaleza. Los sueños recorrieron la fresca pradera y tomaron tantas semillas como pudieron antes de escalar el gran árbol. Sus ramas habían alcanzado ya el mundo de la realidad, y al final de cada rama se creó una nueva Puerta de la Luna, hasta que hubo cientos de ellas, todas abiertas de par en par, y los sueños subieron por las ramas y salieron a la realidad en busca de soñadores en los que anidar.

La geografía del País de los Grandes Sueños estaba cambiando por momentos, y un temblor en el cielo indicaba que también el mundo real se estaba transformando. Más semillas brotaban a un lado y a otro de cada una de las Puertas de la Luna, especialmente en el muro verde del Bosque Primigenio. Las fantasías salieron por él a borbotones y se cruzaron con los animales y los niños raros y compartieron con ellos su cargamento de semillas. Luego, los animales se dispersaron. Los elefantes barritaron y se dirigieron al sur, las vacas mugieron y se desplazaron al norte; tras el fiero león avanzaron cebras, ciervos y lobos hacia el este, y los mo-

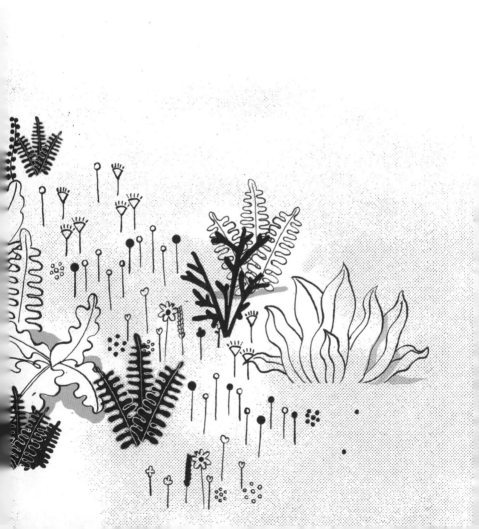

nos, los jabalíes y las hienas corrieron al oeste. Bien aprovisionados de semillas, estos y otros muchos animales emprendieron el viaje junto a los seres de los sueños para repoblar el mundo. En medio de la estampida, allá en el Bosque Primigenio, Miércoles permanecía agachado, cuidando del cuerpo dormido de Koko, muy alarmado porque los primeros rayos de sol estaban a punto de romper la noche.

—¡Koko, Koko, despierta!

Pero su amiga no reaccionaba, su espíritu estaba lejos de allí, junto a la urna de la Madre Naturaleza, que ya había desaparecido por completo en el tupido vergel. Koko brincó al gran árbol y se ayudó del rabo para subir, columpiándose en las ramas.

—¡Ciérrate sueño, tú eres mi dueño! —repetía sin cesar, pero la contraseña no surtía efecto. La niña no conseguía salir al mundo real.

Recordó que Jörgand, el primer Atrapasueños, había dicho que el soñador debía salir por la misma Puerta de la Luna por la que había ingresado, pero ahora había tantas que no sabía cuál de ellas era la del Bosque Primigenio, por qué rama debía subir para reencontrarse con su propio cuerpo. Y si no lo averiguaba pronto, moriría y se convertiría en un fantasma para siempre.

Koko no desesperó, saltó de rama en rama, sin dejar de pronunciar la contraseña. Pero resultaba inútil, había demasiadas. Entonces, del extremo de las ramas llegó un ligero resplandor, como el de los faroles al encenderse, y la niña comprendió que en el Bosque Primigenio estaba saliendo el sol.

～ Capítulo 32 ～
Preserva tus sueños

Un fuerte siseo invadió el aire. Koko alzó la vista y vio la negra silueta de... ¿un dragón? No, era una bicicleta voladora.

—¡Jörgund!

—¡Sube, Koko! —gritó el hombre—. ¡Es muy tarde, está amaneciendo!

El Atrapasueños y su hijo habían entrado en la carpa con intención de saludar a la niña y los había sorprendido en pleno vuelo la fabulosa transformación del País de los Grandes Sueños. La niña se subió de un salto a la cesta de la bicicleta.

—Te presento a Jörgind.

—¡Jörgind! —exclamó la pequeña, muy sorprendida.

—Siento mucho haberte perseguido, Koko, no era mi intención.

—¿Me has perseguido?

—Es una larga historia —contestó el niño—. Pídele a Miércoles que te la cuente.

—Sí, hemos conocido a tu amigo y fue él quien nos dijo que te hallabas en la carpa de la Madre Na-

turaleza −siguió Jörgund−. Pero ¿qué haces aquí todavía? ¿Por qué no te has despertado ya?

−No encuentro la Puerta de la Luna por la que entré.

−No me extraña, todo se ha transformado, mis

mapas ya no sirven. Se han abierto nuevas Puertas de la Luna, estoy entusiasmado. Tengo mucho trabajo por delante... Pero tu situación es crítica, si no damos enseguida con la entrada correcta, no podrás regresar al mundo. ¡Vamos, Jörgind, pedalea!

El vehículo ganó velocidad y flotó a la altura de la cúpula celeste del País de los Grandes Sueños. El resplandor en las puntas de las ramas del gigantesco árbol de la Madre Naturaleza era más y más intenso, y un humito azul comenzó a desprenderse de los brazos de la niña. Koko pensó que eso de ser un fantasma y andar por el mundo de los sueños con Jörgund y Jörgind debía ser divertido, y además, allí dentro tenía su rabo, pero sentía deseos de ver cómo iba a cambiar el mundo ahora que la Madre Naturaleza estaba de regreso. Quería viajar y sembrar ella también las semillas, y sobre todo tenía ganas de ver a Miércoles y contarle todo lo que había sucedido.

Entonces se escuchó una voz en la lejanía.

—¡Koko, Koko, despierta!

—¡Es Miércoles!

El Atrapasueños condujo como una exhalación el vehículo entre el enramado, persiguiendo la voz del niño.

—¡Despierta, despierta! —las palabras sonaban cada vez más cerca.

—Es por aquí Koko, inténtalo ahora —dijo Jörgund deteniendo la bicicleta en una delgada rama.

—¡Ciérrate sueño, tú eres mi dueño!

Y aunque el regreso al mundo de la realidad era siempre muy rápido, esta vez la niña tuvo tiempo de contemplar el imponente paisaje del País de los Grandes Sueños y le pareció escuchar la voz tersa y cálida de la Naturaleza, que le decía: "Preserva tus sueños".

Lo primero que vio Koko al despertar fue a Miércoles, tan nervioso que se puso a dar saltos de alegría en cuanto la niña abrió los ojos. Justo entonces salió el sol. La luz era más intensa que nunca aquella mañana y el Bosque Primigenio resplandeció como el jade. El cielo había comenzado a despejarse, por primera vez en mucho, mucho tiempo y la bruma de contaminación había retrocedido y tomaba la forma de una gigantesca nube de algodón en el horizonte. Los árboles se veían henchidos y las flores habían brotado y lo adornaban todo con colores variopintos y dulces aromas, y todo el suelo alrededor de Koko y Miércoles estaba cubierto de pequeñas semillas.

Los niños sonrieron y se abrazaron. La mayoría de los sueños y animales se había marchado a los cuatro vientos. Apenas quedaban restos de la fantástica cabalgata, unos pájaros aquí, unos conejos allá. A diferencia del País de los Grandes Sueños la realidad necesita más tiempo y esfuerzo para transformarse, y, fuera del Bosque Primigenio, todavía asomaban las torres eléctricas, los edificios y las chimeneas del área industrial. Pero el prado había traspasado la verja y ya comenzaba a ganarle terreno al cemento.

—¡Koko, tengo muchas cosas que contarte! —se apresuró a decir el niño—. Conocí a Jörgund y a Jörgind. Y Jörgind era el Ogro Comerrecuerdos, pero él no tenía la culpa.

—¡Yo también tengo mucho que contarte! Hablé con la Madre Naturaleza.

—¿Y qué te dijo de tu cola?

Koko se dio cuenta entonces de que su rabo se había quedado en el País de los Sueños.

—Me dijo: "¿Has visto esos árboles que pierden las hojas en invierno? ¿Los has vuelto a ver en primavera?".

—¿Y eso qué querrá decir? —contestó Miércoles.

Koko se encogió de hombros, se llevó instintivamente la mano a la rabadilla, donde solía estar su cola y... ¡le estaba saliendo un nuevo rabito! Lo que la Madre Naturaleza había querido decir es que, igual que los árboles mudan las hojas, Koko estaba mudando el rabo. Se le había caído, sí, duchándose en la catarata, pero no se había quedado sin cola para siempre, la nueva le había empezado a brotar desde aquel mismo día, aunque tan lentamente que ni cuenta se había dado. Y es que todas las cosas llevan su tiempo. Por cierto, no sería ésta la única vez que la mudaría, en adelante cambiaría de cola cada tres primaveras.

Los dos saltaron y bailaron de júbilo y siguieron charlando y poniéndose al día, maravillándose de todas las aventuras que caben en una sola noche. Se llenaron los bolsillos de semillas y emprendieron el viaje. Cruzaron la verja cubierta de musgo y se alejaron del Bosque Primigenio por la zona industrial cuyo asfalto comenzaba a agrietarse por el empu-

je de la hierba. Estaban tan contentos que jugaron otra vez a regalarse cosas, reales e inventadas: un puñado de tierra roja para Koko, el corazón fósil de una pera para Miércoles, un muelle para Koko, una bujía para Miércoles, una nube con forma de castillo para Koko, el azul del cielo para Miércoles, un asteroide para Koko, el sistema solar para Miércoles, el universo entero para Koko...

∼ Epílogo ∼

Y aquí concluye la historia de la niña con cola que un día la perdió y viajó al mar para buscarla y, por el camino, se encontró con la amistad, los sueños y la Naturaleza. Koko y Miércoles siguieron juntos muchos años y corrieron numerosas aventuras, pero primero fueron a Ciudad del Boom para saludar a la familia de Miércoles y dejar allí parte de las semillas. Hay quien dice que exploraron el mundo real y el de los sueños hasta sus confines, y que hallaron lugares mágicos, misteriosos y recónditos de los que nunca nadie ha oído hablar, pero eso es ya otra historia...

Si algún día sientes mucha curiosidad y quieres saber algo más de ellos, acércate a algún rinconcito verde, donde el viento sople con voz suave. Presta atención, uno nunca sabe lo que escuchará bajo los árboles y entre las flores.

∼ Agradecimientos ∼

Recuerdo que cuando me vino a la cabeza el germen de esta historia estuve sonriendo durante un buen rato. La idea en sí me hacía feliz. En su inicio, Koko era sólo un cuento breve, lo escribí en South Hadley, un pueblecito de Massachussets de árboles multicolor donde tuve la suerte de trabajar como profesor asistente de español, concretamente en Mount Holyoke College. Todavía hoy guardo mucho cariño a los maravillosos amigos con los que compartí aquel viaje, y a los que lo hicieron posible.

Cuando regresé a mi Córdoba natal, le mostré el cuento a mi marido (bueno, por entonces éramos sólo amigos), el escritor Javier Fernández, que se tomó la molestia de leerlo muy atentamente y después sentenció: "No es un cuento, es una novela". Transformar aquel cuentecito en una novela se me hacía una tarea demasiado difícil, pero él se prestó generosamente a ayudarme. Si estás leyendo este libro es por su incansable apoyo y su constante asistencia a la hora de crear la trama, los personajes e incluso el estilo, a lo largo de los diez años transcurridos entre la primera y la última escritura de *Koko*.

No quiero terminar esta nota sin mencionar a mi familia y la familia de Javier, de ellos me he nutrido para hacer este libro (¡también en sentido literal, gracias a sus deliciosos almuerzos!), a mi querido Marcos Arzúa, grande y generoso como una montaña, a Josune García, cuyo respaldo y entusiasmo fueron fundamentales, y a José Manuel Moreno, editor de Océano (y mucho más que eso), que convirtió aquella pequeña alegría primera en la enorme alegría de ver *Koko* publicado.

Gracias a todos.

∾ Índice ∾

Esta obra se imprimió y encuadernó
en el mes de abril de 2016,
en los talleres de Limpergraf S.L.,
que se localizan en la
calle de Mogoda, nº 29,
08210, Barberà del Vallès (España).